黒獅子と契約
～官能を喰らえ～

Hikaru Masaki
真崎ひかる

CHARADE BUNKO

Illustration

桜城やや

CONTENTS

《序》

深夜零時。

使い込まれた古い木製の文机《ふづくえ》の脇には行燈《あんどん》が置かれ、ぼんやりとした光を放っている。

外観のみ行燈を模したデスクランプではなく、古式ゆかしい油を注して使用するものだ。

文机も行燈も、骨董品を売買する祖父の店に持ち込まれたものだったのを気に入り、譲り受けた。

白い半紙を前にした惣兵《そうへい》は、時間をかけて磨った墨に筆を浸す。黒々とした墨には、自身の血を一滴混ぜてある。

これから惣兵がやろうとしていることには、この墨と、特殊な毛で作られた筆の二つが必要なのだ。

「なにを飛ばす?」

正座をして文机に向かった惣兵は、背後から聞こえてきた男の声に振り返ることなく答えた。

「……鼠《ねずみ》だな。おれが留守のあいだに、ジイさんの店にちょっとばかり変わったヤツが来たらしい。虎《とら》ジイ……山の薬師《くすし》の、跡取りだと。気になるだろ」

覗き見には、身体の小さな『鼠』が適しているはずだ。

面白がっていることが声に滲《にじ》み出ていたのか、背後からは「酔狂《すいきょう》な」と呆れたように返ってくる。

呼吸を整えて目の前の半紙を注視すると、右手に持った筆を一気に滑らせた。

達筆とは言い難いが、白い和紙に『鼠』の文字を書く。

スッと筆を引き上げて詰めていた息をついた直後、半紙に書かれた文字が生き物のように蠢《うごめ》いた。

墨の文字はみるみるうちに黒い鼠の姿となり、羽が生えているかのように空を飛んでいく。

「さて……と。薬師の跡取りとは、どんなヤツかな」

つい先ほどまで『鼠』の文字が書かれていた半紙は白紙となっており、スクリーンとなる。惣兵の飛ばした式鬼《しき》……使役《しえき》する『鼠』の目に映るものが、ここに転写されるのだ。

骨董品店を営《いとな》む祖父には、少しばかり変わった友人が何人もいる。その中でも、惣兵が虎ジイと呼んでいる老人は、かなり興味深い存在だ。

山の一軒家に籠《こも》り、薬師として生活しているとのことだが……祖父曰《いわ》く、「虎の薬は、人間だけが対象になるものではない」らしい。

古くからの民間療法……漢方薬の一種だろうとは思うが、惣兵も世話になったことのある彼の薬は劇薬にも等しい効き目だった。

自分の体質にうまく合っているだけかもしれないけれど、どんな喉の痛みも高熱も、一晩でスッキリ治るのだ。

子供の頃、高熱を出して駆け込んだ町医者でインフルエンザだと診断されて処方された薬は、全然効果がなかった。

下がらない高熱にうなされていた惣兵に、看病してくれていた祖母が選んだのは、以前『虎ジイ』にもらっていた薬で……黒い丸薬を飲んだ直後から、みるみる熱が下がり始めた。結局、服薬から半日もかからず快復したのだ。

それの薬効は、『腹下し』だったにもかかわらず……。

「お、見えてきたぞ。虎ジイの屋敷だ。相変わらず……山の中だな」

祖父に連れられて、子供の頃から何度か訪《おとず》れたことのある山中の古びた屋敷は、記憶にあるままの外観だった。

惣兵が最後に訪れてからは十年近くが経《た》つのに……あまりにも変化がないので、不思議な気分になる。

まるで、数百年前に建てられた時の姿を保っていて、数百年後もそのままなのではないかと思えるくらい……建物全体に漂う空気感まで、同じだ。

「うちのジイさんも、めちゃくちゃ胡散臭《うさんくさ》いけど……虎ジイも、相当なもんだよな。得体《えたい》が知れねぇ」

人間だけが対象ではない『薬』とは、なんなのだろう。

樹木医やら獣医の可能性も考えたけれど、あの祖父が言葉を濁《にご》すのだからその手の『真っ当』なものだとは思えない。

好奇心旺盛な惣兵が聞き出そうとしても、祖父は虎ジイに関して詳しく語ってくれないので、想像が膨らむばかりだ。

「あれ？　……これは、女か？　ジイさんの店に来た跡取りってのは、おれより少し年下の男らしいし……」

半紙に映し出された映像に、これは誰だ？　と首を傾げる。着物姿の美少女が、悲鳴を上げるでもなくジッと『鼠』を見下ろしているのだ。

屈《かが》み込んだ少女の顔が更に近くなり、長い尻尾を摘《つま》んでひょいと無造作に持ち上げられた。

しばらく無言で『鼠』を見詰めていた少女が、目を細めた次の瞬間、白い半紙に映るものが黒一色になった。

「あ！」

一言漏らして唖然《あぜん》としていた惣兵は、「うそだろ」と零《こぼ》して目をしばたたかせる。

まさかと思うが、式鬼の『鼠』を喰《く》われた……のか？

そうであれば、明らかに『人』ではない存在だ。

「惣兵。返《かえし》を食うぞ」

「ッ！」

文机の上にある白い半紙がひらりと舞い上がり、惣兵の目前で一気に燃え上がる。

黒々とした炎に包まれた半紙から染み出るように、瞳を不気味に赤く光らせる黒い鼠が飛び出してきた。

喰われたことで術を破られて『呪』となり、性質《たち》の悪いものに変容している。返を食う、という言葉通り……使役した惣兵への仕返しを目的として、戻ってきたものだ。

身を硬くして目の前の異変を見詰めていると、惣兵の背後から腕を伸ばした男が燃える半紙ごと黒い鼠を摑み、一息で呑《の》み込んだ。

「ぼうっとするな」

「あ……あ。すまん」

両腕の中に抱き込むように身体を包み込まれ、ふっと緊張を解いた。

式鬼を破られたのは、久々だ。油断があったせいで、瞬間的に反応することができなかった。

「おまえの取り柄に傷がついては、台無しだ」

偉そうに言いながら燃え上がる半紙を掴んだものと同じ手でスルリと顔面を撫《な》でられて、ムッと眉を顰《ひそ》める。

大きな手は火傷《やけど》一つ負っておらず、焦《こ》げた半紙の残滓《ざんし》さえ感じさせない。

「……おれの取り柄が、顔だけみたいに言うなよ」

唇を指の腹で辿《たど》り、無遠慮に首筋を撫で下ろして……シャツの襟首に指を突っ込んでくる男の手を、叩き落とした。

「そいつは悪かった。惣兵は顔だけでなく、肢体も……精気も絶品だ」

ククッと低く笑い、叩き落とされても懲《こ》りることなくシャツの内側に手を滑り込ませてくる。

背後からうなじに唇を押しつけられた。

「気の補充だ。『呪の鼠』は不味かったぞ」

「……契約だからな」

唇も、肌に這《は》わされる舌も……ひんやりとしていて、体温を感じられない。

軽く歯を立てられて、「ん」と身体を強張《こわば》らせた。

「嚙むなケモノ。牙を立てんなよ」

「血の巡りがよくなり……美味そうな匂いが立ち昇ってきた。仕方なさそうに言いながら、俺を求めているのだろう」

「……さぁな」

肯定も否定もせず、左手を背後に回して、手探りでグシャグシャと髪を撫で回す。

夜の闇に溶け込むような漆黒の髪は、硬そうな見かけのわりに手触りは悪くないので、秘かに気に入っている。

本当は、こうして惣兵を抱き寄せる百九十センチはあろうかという男の姿より……『真の姿』のほうが、お気に入りなのだが。

「口づけを」

「ハイハイ」

おざなりに答えると、身体を反転させて背後の男に向き直った。

甘ったるい雰囲気にならないよう、わざと雑に男の頭を引き寄せて唇を重ねた。

色っぽい意味のキスではなく、唇を合わせることで惣兵の『気』を移す行為だ。それ以上でも、それ以下でもない。

「ン……」

容赦なく舌を絡みつかせてきて、吸いつかれ、男が身に纏《まと》っている藍染《あいぞ》めの浴衣の襟首をグッと握り締める。

相変わらず、デカい。

惣兵の上背は、百七十五、六センチほどある。二十代半ばの男の平均からすれば決して小柄な部類ではないはずなのに、容易《たやす》くこの男の両腕の中に抱き込まれる自分が、なんとなく腹立たしい。

執拗《しつよう》に絡みつく舌は、惣兵に息継ぎさえ許さない。

唇の端から溢《あふ》れる唾液まで啜《すす》り、舌を吸い上げ……悪寒に似たものが、ざわざわとひっきりなしに背筋を這い上がる。

頭の芯が白く霞《かす》み、甘い痺《しび》れが全身を包み込み、手足の力が抜ける……。

「も……しつっこい、昊獅《こうし》！」

惣兵は震える手で男の髪を摑んで引き離し、顔を背けてゼイゼイと息をついた。昊獅は髪を摑まれて口づけを解かれたことに機嫌を損ねるでもなく、横目で睨《にら》みつける惣兵を楽しそうに目を細めて見ている。

「加減を忘れた。惣兵の舌は甘い」

ムッとするほど余裕を纏った表情だ。

しかも、その顔面が極上の部類に入る端整な美形だから、ますます苛立《いらだ》ちが増す……のは、八つ当たりだとわかっている。この男と比較すれば、取り柄だと言われた自分の容姿など雑魚《ざこ》だ。

「おれの舌が痺れるくらい、吸いついて……補充は済んだか？」

「まさか。『呪』を消化するには足りん」

昊獅は『呪』の式鬼を喰らって疲弊《ひへい》しているはずなのに、惣兵の背中を抱き込む腕の力を抜こうとしない。

「畳で背中を擦ったら、痛いんだけど」

惣兵を畳の上に押し倒そうとしていることに気づき、肩を叩いて抗議した。

昊獅は式鬼を破られて返される『呪』を喰うことで惣兵をサポートし、惣兵は昊獅に『生気』を与えて生き永らえさせる。

ギブ&テイク、互助関係だ。

昊獅の『気』の補充に協力するのに異論はないが、あとで痛い思いをするのはごめんだった。

「……これなら文句はないか」

身に着けていた浴衣を脱いだ昊獅は、畳に広げて惣兵をその上に押しつけた。

ぼんやりとした行燈の光が、惣兵を見下ろす昊獅の横顔を照らしている。毎日目にしていても目を奪われる。

自分を組み敷く昊獅を見上げた惣兵は、腹が立つくらい美形だな……と眉を顰めた。

「妙な顔をするな。勿体《もったい》ない」

「なんで、おまえがおれの顔を気に入ってんだか知らないけど……美形が好きなら、鏡でも見てろよ」

「せっかく、好みの容姿がすぐ傍《そば》にあるのに？　無益だな」

ふんと鼻で笑い、喉元に舌を這わせてくる。

本当に、なにがそれほど気に入っているのだか……謎だ。

「……魔物の好みはわかんねーなぁ」

つぶやくと、気を逸らしていることを咎めるかのように首筋に噛みつかれる。チリッとした痛みに、黒い髪をグッと摑んだ。

「牙、出てるだろ。痛いんだけど」

「少々のことだ。耐えろ」

抗議した惣兵に勝手なことを言い置いて、口づけの場所を移していく。

口調ほど手荒くはなく、肌を味わうかのように丁寧な愛撫《あいぶ》だ。触れる手も、やんわりとしたもので……ゾクゾクと産毛が逆立つ。

「ぁ、ア……」

ひんやりとした手に腿の内側を撫でられて、ビクンと脚を跳ね上げさせた。

「脚を閉じるな」

反射的に膝を閉じようとしたけれど、大きな手に阻《はば》まれる。身体を割り入れられると、逃れる術がなくなった。

「ッ……ン！」

躊躇《ためら》うことなく反応しかけていた屹立《きつりつ》に舌を這わされて、グッと喉を鳴らした。

ダメだ。頭がぼんやりとして……なにも考えられなくなる。

毎度のことだが、昊獅に触れられると容易く理性を突き崩されてしまい、あっという間に身を任せることになるのだ。

触れてくる手や口づけで、なにか……麻薬のようなものを注がれているのではないかと、そんな気さえする。

「っれも、あり得な……ことじゃ、な……か」

昊獅の『真の姿』を思えば、あり得ないことでもないだろう。なにがあっても、不思議ではない。

そんな存在に身を預ける自分は……物好きでは済まない、か。

「惣兵？　なにを考えている」

「ゃ、ぅ……噛むなよっ？」

「おまえが惚《ほう》けなければいいだけだ」

自分に意識を集中させろとばかりに、後孔に指を滑らせて無遠慮に突き入れてくる。

「ッ、い……て」

雑な扱《あつか》いに鈍い痛みが走り、昊獅を睨み上げた。

惣兵は眉間に縦皺を刻んで睨んでいるのに、昊獅は嬉しそうな微笑を浮かべる。

「そうだ。俺だけ目に映して、俺のことだけを考えろ」

「……腹立つな、って思ってんだけど？」

「俺だけに向けられるなら、それも悪くない」

これも、年の功というやつか……口の達者な昊獅に負けた。それ以上の言葉が出なくなった惣兵は、下肢の力を抜いて抵抗を弱める。

どうせこの男には敵《かな》わないのだから、抵抗をしても自分が痛い思いをするだけだ。

「賢明なことだ。どうせなら、悦楽を分け合ったほうがいい」

「ア、ぁ……ン」

悔しいけれど、昊獅との身体の相性は抜群なのだと思う。多少雑に触れられても、すぐさま快楽へと変化して……とろりとした気分になる。

惣兵が熱を含む吐息を漏らしたのを。昊獅は見逃さなかった。

「柔らかくなってきた。……熱いな」

身体が、昊獅に触れられることを悦《よろこ》んでいる。それは確かだ。

ただ、翻弄される一方なのは性に合わない。一人だけ乱れる姿を観察されているようで、負けず嫌い根性に火を点《つ》けられる。

「ガチガチなの、当たってんだけど。……やせ我慢せずに、突っ込めよ」

「もう少し、色気のある誘い文句はなかったのか」

「……るっせ」

時おり脚に触れるものがなにか、目で見て確かめるまでもない。いつまで余裕ぶっている気だと、粘膜を探る昊獅の指を意図して締めつけた。

「惣兵……」

惣兵を見下ろしている昊獅の瞳が、熱を帯びる。チラリと唇を舐《な》め、低く惣兵の名を口にした。

「ふ……すげぇ目」

肉食獣が、捕らえたばかりの獲物の喉元に、今にも牙を食い込ませようとしている。

そんな錯覚に襲われる。

射るような鋭い目は、どこか艶《つや》っぽく……こういう眼差しを向けられるのは、悪い気分ではない。

「苦情は受けつけないからな」

「ン……おれに、苦情を言わせないようにすれば？」

挑発する目で昊獅を見上げて、立てた膝で脇腹を撫でる。

見据《みす》えてくる昊獅の目の鋭さが増し、身体の奥に突き入れられていた指を引き抜かれた。

指に代わって押し当てられた屹立は、体温などないくせに、熱く感じる……。

「つあ！　ァ……っく」

「……すごいな。熱くて……絡みついてきて、どろどろに溶かされそうだ」

じわじわと挿入される圧倒的な質量に、全身を侵食される。思考まで白く霞み、喉を通る息の熱さに唇が乾く。

目元に腕を乗せて固く握り締めていると、不意に手首を摑まれて瞼《まぶた》を開いた。

「手は、こちらだろう」

「ン……」

抱きつくよう促す仕草で肩に誘導されて、手をかけた厚みのある肩に指を食い込ませる。

惣兵が、素直に背中に手を回さなかったことが不満なのか、遠慮会釈なく身体を揺すり上げられて喉を反らした。

「んっ、ぁ……！　こぉ……し、苦し……ッ」

「俺に縋《すが》りつけ」

傲慢《ごうまん》な響きで命じられるのは、悔しい。

反発したいのに……激しい動きに振り落とされるのを恐れるかのように、昊獅の背中に抱きついてしまう。

「っく、しょ……ぁ、ぁ……ッい、い」

圧迫感が苦しいのに、それだけではない。身体の奥底から、ジリジリとせり上がってくるものの正体は……淫蕩《いんとう》な熱の塊《かたまり》だ。

全身どこに触れられても、電流を流されたかのようにビリビリと過敏に肌が粟立《あわだ》ち、心地よさだけが駆け巡る。

「あっ、ぅ……ア！」

一際強く突き上げられた瞬間、目の前で白い光が弾けた。息を詰めて身を震わせる惣兵を、昊獅は手加減することなく更に追い詰めようとする。

「ふ……ぁ、も……触ん、な」

「惣兵。おまえの気は、極上だ。一滴残らず飲んでやるから、いくらでも放て」

逃れようと身を捩《よじ》る惣兵を押さえつけた昊獅は、惣兵が放った白濁《はくだく》を指に絡めると、見せつけるかのように舌を這わせる。

「……っ、んなに出ね……」

荒い吐息の合間に、途切れ途切れに訴える。

苦しい、のに……熱が引かない。昊獅の思うがままに、翻弄され続ける。

「惣兵」

艶を含む、掠《かす》れた声で低く名前を呼ばれ……広い背中に縋りつく指に、力を込めた。

□□□

「っ……ン」

瞼を震わせて目を開いた惣兵は、いつの間にか寝落ちしていたのか……と忙《せわ》しないまばたきを繰り返した。

「喉、イテェ」

ケホッと空咳をして、ヒリつく喉の痛みに眉を顰める。

やけにあたたかく、肌触りのいいものに背中を包み込まれているな……と寝返りを打ち、視界を覆う黒い毛に目を細めた。

「満腹になった獣……そのものだな」

惣兵を懐《ふところ》に抱え、満足そうにスヤスヤと寝息を立てている獣の耳を指先で摘んで、軽く引っ張った。

ピクッと耳を震わせた獣は、鼻をヒクヒクとさせて……惣兵の匂いを確かめて安堵《あんど》したかのように、再び寝息を立て始める。

体長は、二メートルを超え……体重は計ったことなどないので正確にはわからないが、きっと二百キロはくだらない。

人がライオンと呼ぶ猛獣と酷似していながら、どこか異質なその巨体を包む長めの体毛は、美しい漆黒だ。

緊張を解いている今は襟巻状態で首回りを覆うタテガミは、気が昂《たかぶ》った時には燃え上がる黒い炎に変容する。

惣兵が、地獄の業火を纏うような昊獅の『真の姿』を目にしたことは数えるほどしかないけれど、目だけでなく……魂まで奪われるかと思うほど美しいのだ。

漆黒のタテガミを手のひらで撫でた惣兵は、あまりにも無防備な姿に「のん気に寝こけてて、いいのかよ」と苦笑を滲ませる。

「天然の毛皮は、悪くねーし……」

誰にともなく、獣の懐から抜け出さないことへの言い訳を口にすると、身体の力を抜く。

全身全霊で、すべてのものから護《まも》られているみたいだ。

気持ちいいな……と唇に仄《ほの》かな笑みを浮かべて、重い瞼を閉じた。

《一》

ギッと軋《きし》んだ音を立てて、サイドブレーキが引かれる。年季の入ったワゴン車は、惣兵が物心ついた頃には既に祖父の相棒だった。

「着いたぞ。蔵は……アレか」

愛車から降りた祖父は、惣兵にはよくわからない道具が詰まったリュックを手にスタスタと歩き出した。

長いドライブによる疲れなど、微塵《みじん》も感じさせない。

「なにをやってる。とっとと歩かんか、惣兵」

三時間近くも硬いシートに座りっぱなしだったせいで、身体が凝《こ》り固まっている……と両手を頭上に上げて背筋のストレッチをしている惣兵を振り返り、早く来いと急《せ》かしてくる。

「ハイハイ。元気なジイさんだぜ」

惣兵は大きなため息をついて、祖父の背中を追いかけた。

祖父は間もなく六十代も半ばになるはずだが、高校卒業直後、十八歳の自分よりも遙かに元気がいい。

足腰が丈夫なのでフットワークも軽いし、なにより今は……自分たちを待ち構えている『お宝』が、楽しみで仕方がないのだろう。

今にもスキップを始めるのでは、と苦笑するばかりの足取りの軽さで歩いていく。相変わらず、子供のような好奇心を持ち合わせている。

田舎ならではの広々とした敷地に、平屋建ての母屋と……その奥には、風格のある土蔵が聳《そび》えている。古物商を営む祖父にしてみれば、その佇《たたず》まいだけで期待値が上がることは想像に難くない。

車のエンジン音が聞こえていたのか、母屋の玄関扉が開いて中年の男性が出てきた。

「神田《かんだ》さんですか」

立ち止まって蔵を眺めていた祖父が、男性に気づいて玄関のほうへ近づいていく。リュックの肩紐を右の肩に引っかけ、男性を見上げた。

「ああ。依頼者は、あんたさんか」

「はい、岡部《おかべ》さんに紹介をいただいた遠藤《えんどう》です。遠路はるばる、ご足労いただきまして……。お茶でも」

「気遣いは無用。さっそく、蔵を見せてもらいましょうか。依頼は、鑑定と不用品の処分でしたな」

祖父と会話を交わしながら、その背後に立っている惣兵に、チラチラと男性の視線が飛んでくる。

あからさまではないにしても、「コレはなんだ?」と不審そうな目だ。

男性の視線に気づいたらしい祖父が、ぐるりと惣兵を振り向いた。

「こっちは儂《わし》の孫です。風体はこんなだが、子供の頃から店に入り浸っておるので、物の真贋《しんがん》を見極める目は保証する。惣兵、挨拶《あいさつ》せんか」

「……どうも。神田惣兵です」

短く挨拶をして軽く頭を上下させると、依頼人の男性は愛想笑いを浮かべて「よろしく頼みます」と口にし、目を逸らした。

惣兵を指して、真贋を見極める目を持っている……と言った祖父の台詞《せりふ》を、半信半疑どころではなく信じていないのだろう。

確かに、自分が男性の立場でも……金茶色の髪にジーンズ、くたびれたような加工のあるTシャツという姿の若い男など、胡散臭いと感じるはずだ。

街の中では、特に威嚇《いかく》しながら歩いているわけではないのに、似たような出《い》で立ちの男に絡まれる率も高い。

髪も派手だと言われる顔立ちも、特別に手を加えているわけではなく、生まれつきの天然なのだが……なにかと目立って、迷惑極まりない。

らしい。

「やっぱ、おれも作業着にするべきかなぁ」

ぼやきに近いつぶやきは独り言のつもりだったのだが、前を歩く祖父の耳にまで届いた

祖父が、チラリと惣兵を振り返って口を開いた。

「無理に、ぽりしーを曲げんでもええだろ」

「いや、ポリシーってほどのものはないけど。ジイさんがそう言うなら、ま……いっか」

ポリシーなどという、大層な思想の下にこの服装を選んでいるわけではない。

店番をする時はともかく、今回のように蔵の整理と出張買い取りの依頼があった際は動きやすさが重要なのだ。かといって祖父のような作務衣《さむえ》は似合わないし、何度か試したことのあるツナギは馴染《なじ》み過ぎて胡散臭さが倍増する。

なによりツナギというやつは、動きやすさという点では優秀だが脱ぎ着が面倒なのだ。洗濯した時の乾きも遅い。

結局、汚れても洗いやすく着慣れた服装で祖父のお供をするのだが……特に、一定以上の年代の人には受けがよくないという自覚はある。

ただ、仕事に支障はないし肝心の祖父が問題視していないので、まぁ……いいだろう。

「こちらです。鍵は開けていますので。妻の曾祖父《そうそふ》と祖父の趣味で集めたものが、雑多に詰め込まれていまして……。古い蔵なので、親族が集まった際に取り壊そうという話にな

ったのですが、この数十年は完全に放置してあるので……中になにがあるのか誰も詳しく知らないんです。捨てていいものと、価値があるものと……見極められる人間もいませんで。困っていたところに、神田さんをご存じの岡部さんから紹介をいただきまして」

「立派な蔵ですな。取り壊すのが惜しいくらいだ」

「いやいや、現代ではお荷物ですよ。この蔵を壊して、空いた土地に息子夫婦の家を建てる予定なんです。あとはお任せしますが、なにかありましたら声をかけてください」

「……承知しました。惣兵、始めるぞ。カメラの用意はいいか」

惣兵を振り向いた祖父の目は、爛々《らんらん》と輝いている。完全に、新しいオモチャを前にした子供か犬のような浮かれ方だ。

斜め掛けにしてあるバッグから使い古したポラロイドカメラを取り出した惣兵は、うなずいて答えた。

「準備してるよ。……明らかに処分していいものは、庭に出します。それ以外の、価値のありそうなものは写真を撮っておきますので、あとでご確認ください」

「ええ、頼みます」

カメラを手に男性に説明すると、今度は、きちんと惣兵と目を合わせて「頼みます」と口にした。ということは……怪しげな第一印象よりは、胡散臭くないと認識を改めてくれたのだろう。

蔵の扉を開けた祖父が、薄暗い蔵の中に入っていく。開け放してある扉から光が差し込み、ものすごい埃《ほこり》が舞っている様子が見えて眉を顰めた。

「ジイさん、マスクしろよ。あと、軍手」

「ああ……面倒だな」

不満そうな祖父を引き止め、最低限の装備はしろと掃除セットを差し出しながら、数十年分の埃かぁ……と密やかに息をついた。

蔵は、外観の印象よりも奥行きのあるものだった。梯子《はしご》に近い古びた木製の階段が設《もう》けられており、現代で言うロフト的な中二階まである。

物兵は祖父と二手に分かれて作業をしていたけれど、手元が薄暗くなってきたことで屈めていた腰を伸ばした。

採光を目的としている小窓のみで、それ以外に蔵の中を照らす照明器具はない。ライトを持ち込みでもしなければ、日没と同時に真っ暗になる。

強張っていた背筋のストレッチをして、物兵が一息ついたのとほぼ同時に、祖父の声が聞こえてくる。

「やはり、一日じゃ終わらんな」

振り向くと、掛け軸か書《しょ》か……巻き物を手にした祖父が、惣兵と同じように背中を反らしながら蔵の中を見回している。

「まぁ……こんだけの量があったら、無理だよな」

往復に要する時間を考えれば、一度自宅に戻ってまた明日……という事態は避けたい。時間もガソリン代も無駄だ。

でも、この近くにはホテルや旅館などありそうにない。少し離れた、駅周辺にまで行けば一軒くらいはあるか？

最終手段は、車中泊だ。

これまでにも、山中の古寺に出向いた際などに経験がないわけではないけれど……腰や肩が凝り固まって悲惨なことになるので、他に手があるのなら御免《ごめん》だ。

「どうすんの？　出直し……とか、嫌なんだけど」

惣兵の言葉に、祖父は「抜かりはない」と振り返ってピースサインを送ってきた。お茶目なジジイだ。

「ここのお宅の客間に泊めてもらうよう、手はずを整えてある。電話で聞く限り、結構な蔵のようだったからな」

「……それ、最初におれに言っておくべきじゃねぇ？　着替えのパンツ、用意してないんだけど」

泊まりになるかもしれないと予告されていたら、それなりに準備を整えておいたのに……現地に来てから聞かされても、備えがない。

苦情をぶつけた惣兵に、祖父は微塵も悪いと思っていないだろう飄々《ひょうひょう》とした調子で返してくる。

「二日や三日、パンツを替えなくても死ぬこたないだろう」

「死にはしないだろうけど、嫌だよっ。……コンビニ、近くにあるかなぁ。おっさんに聞いてみよ」

せめて、コンビニエンスストアが近場にありますように……と、天井付近に渡された太い梁《はり》を見上げて祈る。

それも、徒歩圏内ならありがたい。祖父に車を出せと言っても、「面倒だ」とか「晩飯時に酒を飲むぞ」と、ぶつぶつ文句を言われそうだ。

今の惣兵はバイクの免許しか所持していないけれど、早急に車の運転免許を取ろう。そうしたら、もう少し行動範囲が広くなるし祖父に頼らず自力で動くこともできる。

「あと二十分くらいは動けるか。ほれ、パンツの文句を言っておらずに働け。バイト代を払わんぞ」

「……なんか、理不尽じゃね？」

パンツの文句を言うはめになった原因は、祖父なのだが……。

喉元まで込み上げてきた反論を、かろうじて呑み込んだ。これ以上ブツブツ言えば、冗談ではなくアルバイト代を減らされてしまう。

助手などと格好いい言い回しをしたところで、惣兵の身分は家事手伝いであり、主体は祖父だ。

「あー……もう、仕方ない……って、アレなんだろ」

蔵の奥まったところに、黄ばんだ布がかけられた『なにか』がある。今まで目につかなかったのは、その周囲に雑多な箱や籠《かご》が積み上げられていたせいだろう。

「箱に入ってないし、なんか……雑な扱いだな」

首を捻《ひね》りながら歩み寄ると、黄色の布……ではなく、もとは白だったものが、経年劣化により変質したのだとわかった。

正体不明の物体を近くで見下ろすと、予想より大きい。

高さは、百七十六センチある惣兵の鳩尾《みぞおち》あたり……幅は両手を広げたほど。奥行きに至っては、二メートルはありそうだ。

箱に入っていないのは、雑な扱いをするつもりなのではなく……コレが入る大きさの箱を調達できなかっただけなのかもしれない。

「まずは、モノがなにか、確かめないことには……だな」

都合よく、ちょうど頭上の部分に明かりとりの小窓がある。薄暗いけれど、蔵の隅のほうに比べれば視界は確保できていた。

なにが出てくるか……ドキドキしながら、布の端を摑む。

自分が、間違いなく祖父の血を引いているな、と感じるのはこういう時だ。

祖父にとっては息子である惣兵の父親は、古物にまったく興味を示さなかったらしく、ビジネスマンとして忙しく国内外を飛び回っている。

物心つく前に母親を亡くし、祖父母に育てられた惣兵は、子供の頃から祖父の営む古物店で遊んでいたせいで古いものたちに慣れ親しんでいる。

祖父が語る古物の由縁は興味深く、現代では再現不可能な原料や製法で作られたものもあり……骨董品と呼ばれるものは、なんでも好きだ。

コクンと喉を鳴らし、黄ばんだ布を剝ぎ取った。

「置き物……いや、剝製《はくせい》か？」

目の前に現れた黒い物体がなんなのか、一見しただけでは正体が摑めなかった。

黒い毛皮の特徴から、熊かと思ったが……違う。頭の形も開かれた口元から覗く鋭い牙も、なにより首回りを覆う豊かな毛が示すものは……。

「ライオン……だよな」

惣兵の知っている動物の中では、それ以外にない。全身を覆う毛、たっぷりのタテガミ

まで黒いけれど、どう見てもライオンだ。

熊か別の動物の毛を使って模倣されたのか……近づいてマジマジと見詰めても、不自然なところはまったくない。

「全体が黒いのは……染料をぶっかけて、着色でもしてるのか？　いつ作られたのかわかんないけど、めちゃくちゃに保存状態がいいな」

この蔵は、数十年ものあいだ開けられていないと言っていた。

いつからここに放置されていたのかわからないが、今にも動き出しそうな毛質と立派な肢体だ。太い脚元を見れば、爪まで残っている。

ライオンは、小学生の頃に遠足で行った動物園で、檻《おり》の外から見たことがあるだけだ。あとは、映像でしか知らない。

でも……それらどんなものより、今、惣兵の目の前にあるライオンは美しかった。百獣の王と呼ばれている意味を、初めて実感する。

剥製となっても尚、生前と変わらない獰猛《どうもう》さを感じさせ、気高く、美しく……勇壮だ。

威風堂々とした猛獣から、目を逸らすことができない。

ジッと見据えたまま、ふらりと手を伸ばし……豊かな毛量のタテガミに触れてみた。

獣らしく硬い毛……と、少し柔らかな毛が混じっている。まるで、生きている動物の毛のような触り心地だ。

「牙まで、鮮度がいい……って変な言い回しか？」

撫でていたタテガミから手を離し、口元から覗く見事な牙にそろりと指先で触れた。

獲物を捕らえ、肉を裂くことを目的とした『武器』であることを誇示するかのように、鋭く尖《とが》って……と先端部分に指を滑らせた瞬間、チクリと刺されたような痛みが走る。

「ッ！」

反射的に手を引いたけれど、右手の人差し指の腹が一センチほど、刃物に触れたかのようにスッパリと切れていた。

血が滲み、咄嗟《とっさ》に指を振ったことでその雫《しずく》が飛ぶ。

「っ……と、ヤバ。汚してないだろうなっ」

剝製を血で汚していないかどうか確かめるため、慌《あわ》ててしゃがみ込んだ。

惣兵が指を切る原因になったであろう立派な牙に、少しだけ血がついている。

「拭くもの……シャツでいいか」

着ているTシャツの袖を引っ張って伸ばし、ライオンの牙をゴシゴシと擦る。そのあいだも人差し指からは血が滲み出ていて、指の股にまで流れ落ちた。

尖った牙による傷は、切り口が鋭いせいか、さほど痛くはない。ただ、触れた物を血で汚さないように絆創膏《ばんそうこう》を貼っておいたほうがいいか。

ひとまず、血が床に落ちないように舐めて……と、そこまで考えた時だった。

「え……？」

不意に、その指を舐められたような感触……いや、錯覚に襲われて、ピタリと動きを止める。

いやいや、まさか。剝製のライオンに指……いや、血を舐められたなんて、気のせいに決まっている。

ナイナイと頰を引き攣《つ》らせて自分に言い聞かせたけれど、激しい動悸《どうき》が胸の内側で荒れ狂っていた。

ジッと見詰めたライオンの瞳……きっと、ガラスで作られた義眼が嵌《は》められているのだと思うが、金色の光をキラリと瞬かせた？

窓からの、わずかな西日を反射して、そんなふうに見えた……に違いない。そうでなければ、光を弾くものなど……なにも。

『……よくぞ封を解いたな。クク……悪くない。なかなか好みだ』

「は？　誰……か、なんか言ったか？」

目をしばたたかせた惣兵は、慌てて周囲をキョロキョロと見回す。

誰もいない。いるはずがない。

この蔵の中には、祖父と自分のみで……頭の中に低い男の声が響いたなど、気のせいだ。

「なん……だった？」

空耳にしては、やたらとハッキリ聞こえた。

それも、耳のすぐ傍、息遣いまで感じそうなほどの距離……で。

目の前にあるライオンの金色の瞳を、呆然《ぼうぜん》と見詰める。

いや……変なこと、考えるな。剝製のライオンが語りかけてくるなど、ファンタジー映画の世界だ。

そう自分に言い聞かせているのに、ガラス製にしては強い光を湛《たた》えたライオンの瞳と視線を絡ませたまま、逸らすことができない。

「惣兵。今日は、そろそろ撤収するか」

「ッ……あ、ああ。うん。そうしよう！」

祖父に声をかけられなかったら、金色の瞳に魂を吸い込まれていたかもしれない。

そんな、あり得ないことが頭を過《よぎ》るほど、ライオンの瞳に魅入《みい》られたように目を離せなかった。

黄ばんだ布を剝製に被せて、ふっと息をつく。

意識していなかったけれど、妙に緊張していたようだ。ライオンの剝製を布で覆い隠したことで威圧感が遮断され、身体の力が抜ける。

「ライオンの剝製があることを知っていたか、オッサンに聞いてみよ」

いつ、どこから入手したのか……製造された経緯や、蔵で埃を被るはめになった謂《いわ》れなども知っているかもしれない。

ライオンの剝製に価値がどれくらいあるのか惣兵にはわからないが、相当珍しい物であることだけは間違いない。

保存状態も優れているので、欲する好事家《こうずか》も少なくないだろう。

「どうした、惣兵。やけにゆっくりだったじゃないか。なんか、面白い物があったか？」

のろのろと蔵の扉に向かうと、既に外に出て身体に付着した埃を払《はら》っていた祖父が尋ねてきた。

「あ……あ、うん。ちょっと、変わった物を見つけた」

目線を向けた蔵の奥は、もう真っ暗だ。ついさっきまで、自分があそこにいたという実感はない。

小さな採光用の窓から、どの程度の光が入っていたのだろう。あの、黒いライオンの剝製が、あれほどクッキリ見えるほど……明るかったか？

「ジイさんさぁ、ライオンの剝製って見たことある？」

不可解な心境で、首を捻りながら祖父に質問する。

これまで、半世紀近くに亘《わた》って多種多様な骨董品と接してきた祖父なら、真偽入り交じった剝製の類も数多く見てきたはずだ。

「ライオンの剝製？　そいつは見たことがないな。紛《まが》い物ではなく、か？」

怪訝《けげん》そうに聞き返されて、埃を除けるために頭に巻きつけていたタオルを外しながら、答えた。

「んー……薄暗かったし、絶対に本物だって言い切るのはアレかもしれないけど、なんていうか……空気感が、作り物じゃなかった」

「おまえがそう言うなら、紛い物ではないだろうな。……今日はもう、暗いか。明日の朝、一番に検分するとしよう」

蔵の奥を覗き込んだ祖父は、明日の朝一番に検分を……と言いつつ、楽しそうな声と顔をしている。

変わった物が出てきたことでワクワクしていることが、見ているだけで伝わってくる。まさに水を得た魚だ。

「ライオンの剝製がどこから来たのかとか、なんでそんなものが民家の蔵にあるのか、知ってるのか……この家の人に聞きたい」

「あの様子じゃ、知らんのじゃないかのぉ」

祖父は惣兵の言葉に首を捻りつつ、玄関に照明の灯《とも》っている母屋へ向かう。

確かに……妻の実家だ、という言い方をしていたことだし、あまり期待はできないかもしれない。

「……っ？」

祖父について歩いていた惣兵だったが、背中に視線を感じたような気がして、パッと振り返る。

……誰もいない。なにもない。

ただ、扉が開け放されたままの蔵と……黒一色に塗り潰されたような、蔵の内部が視界に映るのみだ。

古い物に囲まれると、こんなふうに変に神経が過敏になるから嫌なんだよなぁ……と眉を顰めて髪を掻《か》き乱すと、煌々《こうこう》とした光の灯る母屋の玄関に駆け寄った。

□□□

夢……か。

暗闇に立ち尽くす自分の手を見下ろし、冷静に現状を把握する。人差し指の先がぼんやりと光っているような気がして、目をしばたたかせた。

「あー……剝製の牙で切った傷跡、か」

黒いライオンの剝製は、この家の主も存在を知らなかったらしい。「そんなもの、本当にあったのですか？」と怪訝そうだった。惣兵が、別のなにかを見誤ったと思っているのかもしれない。

「確かに、黒いライオンの剝製……だと思ったんだけどなぁ」

あまりにも非現実的かもしれないが、美しい猛獣の姿は、惣兵の瞼の裏に焼きついている。

そう、あの剝製を思い浮かべた瞬間……暗闇の中から、ゆったりとこちらへ歩いてくる獣が目に映った。

闇に溶け込むような黒い毛、立派なタテガミの……ライオンだ。太い四肢で地面を踏み締めて、惣兵の目前で歩みを止める。

夢のはずなのに、やけにリアルな……と思った直後、頭の中に低い男の声が響いた。

『容姿も血の味も、気に入った。おまえ……名は？』

「なま……え？　そーへー……。神田、惣兵」

『惣兵か。よき名だ。俺は昊獅。かつての主《あるじ》に名付けられた』

……ライオンが、しゃべっている。

夢の中とはいえ、普通に会話を交わしている自分もどうかしている。非現実的な現象だけれど、答えることが当然のように感じたのだ。

ぼんやりと言葉のやり取りをしていた惣兵だったが、ハッとして屈み込む。

「ライオン。剝製……じゃない、みたいだな」

敵意も凶暴性も感じられなかったので、そろりと手を伸ばして目の前に立つライオンの頭に触れる。

こんなふうに、猛獣に触れられるなんて……夢とは、都合のいいものだ。

「あったかい……」

手のひらに伝わってくるぬくもりに、呆然とつぶやいた。

生きた、動物の毛の手触りだ。鼻も濡れて艶々としているし、耳も……ゆらゆら振られている長い尾も、自然な動きだ。

剝製が動いているのではなく、血の通った生物のようにしか思えない。

『俺の姿に怯《おび》えないおまえの性根も、気に入った。封を解いた者がおまえだったことを、感謝しよう』

「封……を、解いた……？」

ライオンがなんのことを言っているのか、惣兵にはわからない。ただ、ぴくぴく震える耳や口調が、上機嫌を表しているということだけは確かだ。

不可解に思いながら、間近で視線を絡ませる。

金色の光を湛えた瞳が……魂を吸い込まれそうなほど、綺麗《きれい》だった。

「う……わっ」

なんの前触れもなく、ペロリと顔を舐められる。

目前に迫った巨大な牙、ざらりとした大きな舌に驚いて身を引くと、無様《ぶざま》に尻もちをついてしまった。

『クク……愛《う》い反応だ』

獣らしからぬ、喉の奥で忍び笑いを零して……クルリと身体を反転させる。それきり惣兵を振り返ることなく、歩き出す。

「あ……」

呼び止める理由も、呼び止める言葉もない。

小さく零しただけでなにを言うでもなく、悠々と脚を運んで暗闇に姿を消す黒いライオンの巨体を見送った。

「ッ！　……ぅ、はぁ……ゆ、夢……だよな」

ガバッと上半身を跳ね上げた惣兵は、顔を手のひらで撫で回す。

獣に舐められた感触が残っている気がしたけれど、舌の触れた痕跡……涎《よだれ》などは、当然そこにはない。

「なんだ、った？　変な夢」

ドッドッと激しく脈打つ心臓を、Ｔシャツの上から押さえる。胸元だけでなく、首筋にも冷たい汗が滲んでいた。

視線を感じた気がして、部屋の隅……暗がりに目を凝らす。

しばらく息を詰めて暗がりを凝視していた惣兵は、「ライオンなんか、いねーし」と頭を振って、巨大な猛獣の幻影を追い払った。

「どうした、惣兵。まだ夜明けには早いだろう」

ゴソゴソ動いたせいで。祖父を起こしてしまったようだ。

自分以外の人の声に、ホッとして口を開いた。

「あ、悪ぃジイさん。夢見が悪くて……気にせず寝ててくれ」

「うむ……」

隣に敷いた布団の中から話しかけてきた祖父に答えると、さほど時間が経たないうちに寝息が聞こえてきた。

やはり、ただの夢だ。大丈夫。ここにいるのは、自分一人ではない。

あの、蔵の中で目にした黒いライオンのインパクトが強かったから、妙な夢を見てしまったのだ。

でも……もし明日、アレが消えていたら……？

「はは、ホラー……だよな。変なこと考えずに、寝よ」

起こしていた上半身を横たえると、頭まで布団を被って身体を丸くする。

気に入った？　容姿も、血の味も……？

しかも、名前を聞かれて答え……アチラの名前らしきものも、耳にしたような……。

「コウシ……って、なんか偉そうな名前。っつーか、夢だし」

夢の記憶を口に出すと、確かに耳にしたもののように感じられるから不思議だ。

明日、蔵にあったライオンの剝製を博識な祖父に見せれば……いつの時代のものか、どんな意図で作られたものか、わかるだろうか。

ギュッと目を閉じて再び睡魔が訪れてくれるのを待ったけれど、小鳥が囀《さえず》り窓の外が白んできても、一度手放した眠りは戻らなかった。

□　□　□

「そういや、ライオンの剝製とやらはどこだ」

「あ……あ、奥……だけど」

あえて、出入り口からそう離れていない……祖父の近くで作業をしていた惣兵は、しどろもどろに答える。

奇妙な夢の余韻とでもいうか、純粋に『綺麗な剝製』とは思えなくなってしまった。

威風堂々としたライオンの姿、語りかけてきた低い男の声……顔を舐められた舌の感触まで、やけに生々しく憶《おぼ》えている。

「雉《きじ》や熊やらの剝製などは珍しくないが、ライオンとは……興味深いの。もとより、日本には存在しない動物だ。唐などから、献上品として海を渡ってきた物ならわからんではないが……」

惣兵に聞かせるというより、独り言のようにしゃべりながら見るからに古びた木箱に手をかける。

抱えるほどの大きさだ。ボロボロになった短冊状の和紙が、封をするかのようにベタベタと数か所貼りつけられていた。

その和紙に、もともと書かれていただろう字は……あまりにも達筆なのと端が擦り切れているせいで、読み取ることができない。

「ジイさん、それ……」

斜め後ろに立っている惣兵は、覗き込んだ祖父の手元にある木箱から物々しい空気を感じて、開けるのを待て……と声をかけようとした。

が、一足遅く、祖父の手が木箱の蓋《ふた》を開いてしまう。

「ッ……」

「しまった。本物の呪具か！」

いつも泰然自若《たいぜんじじやく》とした祖父が、珍しく切羽詰《せつぱ》まったような声を上げた瞬間。

黒い煙が、噴き出した……ように見えただけで、実際はなにも起こっていなかったのかもしれない。

ただ、惣兵には……きっと祖父にも、木箱から噴き上がる『禍々《まがまが》しい黒い煙』が確かに見えた。

「なん……だ、それ」

「多分、だが……蠱毒《こどく》の一種だ。壺が、チラと……見えた」

目の前が黒い煙に覆われて、一寸先も見えなくなる。本能が、『吸い込むな！』と警告してきて、咄嗟に呼吸を止めた。

開け放した扉からは、明るい陽射しが差し込んでいるはずなのに……真っ暗だ。

「ジイさ……」

すぐ傍にいるはずの祖父の姿を見失いそうになり、慌てて手を伸ばして作務衣の端を握り締める。

……この手を、決して離してはいけない。

こんな時にどうすればいいのか、祖父について古物の調査を始めてまだ日が浅い惣兵にはわからない。

誰か……誰か助けてくれ。誰が……助けてくれる？

息苦しさと不安に押し潰されそうになった瞬間、目の前の黒い煙が強風に煽《あお》られたかのように吹き飛んだ。

「……な、に」

清浄な空気にホッとして、ひとまず深呼吸をしておいて目をしばたたかせる。

先ほどの風は……なんだろう。蔵の奥から、吹いてきたように感じるが。

蔵の奥の暗がりに視線を向けると同時に、低い声が『惣兵』と名を呼んでくる。

闇が、ゆらりと歪《ゆが》んだように感じ……。

『俺と契約を結べ。伴侶は護る』

目を凝らすと、金の瞳、黒い毛に覆われた百獣の王が立っていた。タテガミは、黒い炎を纏っているかのようだ。

惣兵と呼びかけてくる、この低い声を……知っている。

契約とはなんだ、とか。伴侶とはどういう意味だと……疑問はいくつもあったけれど、目の前の危機から逃れるのに必死だった。

この場で『契約』を結べば、この美しい獣が護ってくれる。

それを、なんの疑いもなく信じるのは危険だと思うのに……。

「ジイさ……ん、も」

『ふん、おまえの望みなら、そこの老人も護ってやろう』

ライオンの答えにホッとした惣兵は、「わかった」と首を上下させた。

この危機的状況から逃れられるのなら、意味のわからない『契約』でも、どんなものだろうと縋りたかった。

『よし、では……契約を』

のしのしと近づいてきたライオンが、鼻先を寄せてくる。鋭い牙が覗き、赤い舌がペロリと惣兵の口元を舐めた。

『呪を……喰らうぞ』

グワッと大きく口を開き、巨大な牙が惣兵には見えないなにかを捕らえ……喰らった？

呆然としている惣兵の前で、黒いライオンはガリガリと骨を断つような音を立てて目には見えないモノを喰い続ける。

どれくらい時間が経ったか、シン……と静かになり、ペロリと舌なめずりをしながら惣兵を振り向いた。

『不味いな。おまえは……美味そうだ』

ゆったりとした足取りで、黒いライオンが近づいてくる。鋭い瞳に見据えられ、その場に縫い留められたかのようになって……逃げられない。

『ふん……纏う気も、匂いも……美味そうだ』

再び鼻先を寄せられ、咄嗟に目を閉じる。

口元に触れたのは……ざらりとした、獣の舌……では、ない？

驚き、閉じていた目をパッと開いた。

「ぁ……」

至近距離で視線が絡んだのは、獣の瞳ではなかった。

黒いライオンの瞳と同じ、アンバーブラウンの目で惣兵を見ているのは、若い男だ。

無造作に伸ばされた髪は漆黒で、視線の合った惣兵にニヤリと笑いかけてくる。

「な……に？」

誰だ。いつの間に、ここに？

疑問が頭に浮かぶけれど、その答えを惣兵は……知っている。非現実的な現象を認めたくなくて、目を逸らしているだけだ。

「惣兵。おまえは俺の名を知っている」

名前、を？

そうだ。この声の主が名乗ったソレを、確かに惣兵は知っている。

「……呼べば、いつでも助けてやるぞ」

促す仕草で、唇に触れられる。

この男の名を？　知っていると感じた名前が、正解か否《いな》かはわからないが……。

「昊獅……？」

ぽつりと口にした途端、男は満足そうに破顔《はがん》した。

どことなく皮肉を感じさせる、先ほどの笑みとは全然違う……無邪気な子供のような、嬉しそうなものだ。

「契約成立だ」

ボソッとつぶやいた直後、背中を抱き寄せられて唇を塞がれる。祖父の作務衣をしっかり摑んでいたはずなのに、いつの間にか手から離れていた。

「っ、な……、ン！」

自分の身になにが起きているのか、しばらくわからなかった。

ザラリとした獣のものではない、厚みのある舌が……口腔《こうこう》の粘膜を探り、味わうかのように惣兵の舌に絡みついてくる。

キス……というよりも、貪《むさぼ》り食われるかと思うほどの熱量で、吐息まで奪われる。

「ン、ぁ……ッ、ぅ……っく」

息苦しさに身を捩っても、惣兵を抱き込む男の腕は力強く、ビクともしない。

唯一動かすことのできる手で、男が身に着けている黒い着物の袖口を握って、嵐のような口づけに耐えた。

「美味い。が……呪を消化するには、ちと足りんな。しかし……封が解けて間もないせいか、陽の光が眩《まぶ》しくてかなわん。夜が更けてから、精をもらい受けるとしよう」

口づけを解いた男は、なにやらつぶやいてククッと笑い、抱き寄せていた惣兵から唐突に手を離す。

惣兵が一言もしゃべれずにいるあいだに踵《きびす》を返し、蔵の奥の暗がりへと姿を消した。

その場に残された惣兵は、白昼夢から醒《さ》めたような心地で、目をしばたたかせた。

「なんだ……った？」

祖父が開けた箱から、黒い煙のようなものが噴き出したように感じたが……つい今しがたのことまで、現実の世界で起きたことだとは思えない。

黒いライオンが現れ、惣兵と『契約』を結び、『呪』を喰って……切迫していた状況から救ってくれた？

「あっ、ジイさん……なんともないかっ？」

我に返ったところで、祖父の存在を思い出した。

あんな奇妙な箱を開き、至近距離で黒い煙にまかれたのだ。無事なのか不安になり、今更ながら祖父に駆け寄る。

「惣兵。あ……あ、なんともない。今のモノは……」

「な、なんか見た？　おれ、ぼうっとしてて……頭がボケボケになってる」

「ふ……ん。まぁいい。おまえに害を為すものではなさそうだ。味方につけるなら、損はしない」

祖父が、なにを見たのか……深く突っ込むことは、できなかった。

無駄だとわかっていながら、「よくわからん」「頭がボケてて憶《おぼ》えていない」と、間抜《まぬ》けで鈍感なふりをして逃げる。

かなり無理があると自分でも思ったが、祖父は追及することなく誤魔化《ごまか》されたふりをしてくれた。

「コイツは、知り合いの寺に持ち込んで供養だ。あとは、大物がいくつかだな」

開けてあった木箱の蓋をきっちりと閉めると、何事もなかったかのように蔵の隅に寄せて別のものへ手を伸ばす。

相変わらず、豪胆というか……我が祖父ながら、得体の知れない胆《きも》の据わり方をした人間だ。

惣兵が前日に確かに目にした、黒いライオンの剝製は……蔵のどこを探しても、見つからなかった。

《二》

「あれから、七年か。まだ青臭かった惣兵も、いい具合に熟《う》れたな」

「……おれは、まだ二十五だ。ピチピチの若者だぞ。熟成するには早いだろ」

眉を顰めて言い返した惣兵に、昊獅は「クッ」と喉の奥で笑って背後から腕を巻きつかせてくる。

昊獅本人が言うには、五百歳までは数えていたが……よくわからん、という年齢らしい。二十五年しか生きていない惣兵など、どんなに突っかかっても軽くいなされてしまうのは仕方がないのかもしれない。

「剝製があった場所には、木箱に入ったコレしかなくて……あんな、巨大なモノが消えたなんて、自分の頭がどうにかなったのかと思った」

惣兵が右手に持った『筆』は、昊獅のタテガミを使って作られたものらしい。

硯《すずり》で磨った墨に惣兵の血を混ぜたものと、この『昊獅のタテガミで作られた筆』を使って半紙に動物や昆虫の名を書けば、その文字が『式鬼』に変化して使役することができる。

呪いの古物に触れ合う際に祖父の守護に付けたり、遠方の気になるものを遠視したりとなにかと便利だ。

まるで、珍しいオモチャを手に入れたように『式鬼』を操る惣兵に、昊獅は呆れたような顔で「大概《たいがい》にしておけよ」と忠告をするのみだ。

式鬼が破られて返されれば、昊獅が喰って護ってくれるとわかっているので、自分が好き勝手しているという自覚はある。

「昊獅は、さぁ……どこかの殿様が名前をつけたんだろ」

「ああ。貢物として献上された俺が、夢枕に立って『呪うぞ』と脅《おど》してもまったく怯《ひる》まない、肝《きも》の据わった男だった。ただ、人が悪くてな……わざと俺……獅子の剝製の前で、女や稚児《ちご》やらと交わる。そうして、怯える様を愉《たの》しむ……悪趣味なところがあったな」

「でも、気が合ったんだろ？　類友じゃねーか」

ライオンの剝製に、『昊獅』と名を与えた。しかもその前に杯を置いて、酒を酌《く》み交わす真似事をしていた……というあたり、悪趣味な変態というだけでなく、変人だ。

惣兵との関係とは違い、その当時の昊獅は人の姿に変化することも言葉を交わすことも、できなかったそうだが……。

「この、人間の姿も……殿様を模したって？」

「ああ。俺が一番よく知っている人間が、この姿の男だからな。……なにか不満でもあるのか？」

「別にっ」

豪放磊落《ごうほうらいらく》、眉目秀麗というやつか。

数百年前にこの容姿をしていて、しかも身分が『殿』ということは、なに不自由なく望むままの人や物を手に入れていたに違いない。

当時の昊獅は、『獅子の剝製』で……姿を模しているだけであり、その『殿様そのもの』だったわけではないと頭ではわかっているが、なんとなく面白くない。

「不貞腐《ふてくさ》れた顔をするな。せっかくの美貌が台無しだ」

「……おまえ、おれの顔が本当に好きだよな」

剝製の昊獅の封印を解くことになった、七年前の蔵での一幕……眠りから浮上したそもそものきっかけも、『惣兵の気と容姿が好みで、眠りから醒めた』ということらしいが、どこまで本当なのだろう。

「顔だけでなく、しなやかな肢体も……精気も、好みだぞ」

「はいはい。わかってるっての」

昊獅に気に入られていることは、この身体で知っている。呪を喰った見返りという名目で、散々貪られているのだ。

七年もこんな日々を続けていれば、否《いや》でも馴染むというものだ。

「明日は、どこぞの博物館だか資料館だかの、移設に立ち会うのだろう。早朝の出発に備えて、早く眠れ」

「んー……そうする」

収蔵してある物の整理を兼ねて……ということで、知り合いの考古学者の紹介という形で、惣兵が呼び出されているのだ。

その考古学者という人物も、祖父の古くからの友人で胡散臭いジジイなのだが……。

「子守唄が必要か」

「いらねーよ」

布団に身を横たえた昊獅の腕の中に抱き込まれながら、偉そうに言い返しても……迫力はないと思うが。

人間ではなかろうが、魔物だろうが、この腕の中にいればなにも怖くない。

生きているもの、そうではないもの、先人の遺した呪いまで……すべてのものから護ってくれると、知っている。

素直に認めるのはなんとなく悔しくて、唇を引き結んで瞼を伏せた。

……本体は剝製のくせに、あたたかい。

気持ちいいな、と安堵の息をついて……身体の力を抜いた。

□□□

出逢いを思い出したせいか、昊獅と遭遇してからの七年を早送りで夢に見た。

依頼された蔵の整理を終え、祖父と共に自宅に戻った惣兵は、床《とこ》に入ってもなかなか寝付くことができずにぼんやりと天井を見上げていた。

部屋の隅の暗がりから、今にもあの……黒いライオンが現れるのではないかと思えば、緊張を解くことができない。

気が昂っているせいで眠れないのだとわかっているが、目を閉じても瞼の裏に勇壮な猛獣がチラチラと過る。

怖かった。でも、それ以上に……綺麗だった。

交わした『契約』が夢か現実なのか、今となってはあやふやで……。

「……惣兵」

「っ！」

長い時間寝付けずにいたけれど、いつの間にか、浅い眠りに落ちつつあったのだろうか。

低い声で名前を呼ばれた気がして、ビクリと身体を震わせた。

見開いた目に映るのは、黒い髪……黒い着物の、大柄な男の姿だ。布団の脇に片膝をつき、惣兵を見下ろしている。

「な……んで」

「何故とは？　おまえとは契約を交わした。それに、昼間の呪を消化し切れておらん。……契約だ。精気を寄越《よこ》せ」

人差し指の腹で唇を辿られて、ゾクッと背筋を震わせた。

夢ではない。現実だ。

逃げなければ……と頭では考えているのに、身体が動かない。小さく肩を震わせた惣兵に、男が端整な顔を寄せてくる。

唇が触れるギリギリのところで顔を背けて、疑問をぶつけた。

「どうやって、ここ……っに」

「獣の姿で、おまえの気を追った。契約を交わしただろう。どこにいようが、おまえの居場所はわかる」

「……ライオンが、街中を走ったってか」

大パニックになったのでは、と自分の気配を追いかけられたこと……聞きようによっては恐ろしいストーカー宣言よりも、そちらのほうが気にかかる。

ボソッとつぶやいた惣兵に、男はケロリとして答えた。

「心配には及ばん。ただの人間には、俺の本来の姿を捉えることは不可能だ。余程勘がいいか、人ではないか……俺と契約を交わした惣兵は、別だが」

普通の人間には、見えない……という言葉に、心底ホッとする。

疾走する黒いライオンを見ることができるのは『普通ではない人間』だけ……というのなら、騒ぎ立てることもないだろう。

「精気を寄越せ……って」

「容易なことだ。交われればいい」

当然のように言いながら、惣兵が被っている布団を剥いでパジャマに手をかけてくる。

呆然としているあいだにパジャマの袷《あわせ》を開かれ、ボタンが弾け飛んだ。

「怪力っ。交わるって、それ……その、無理だろっ」

エッチとかセックスとか、頭に浮かんだそのものの言葉を口にすることができず、首を横に振って無理だと訴えた。

男……いや、ライオン……違う、魔物？　とエッチなど、できるわけがない。

青褪《あおざ》めているだろう惣兵に、男は真顔で「できる」と言い返してくる。

「かつての主が、色好みだったからな。散々見せつけられ、稚児との交接の作法は心得ている。案ずるな」

「ち、チガウ……」

惣兵が案じているのは、やり方云々《うんぬん》ではない。

そう訴えても、男は強引に惣兵が着ているパジャマを剝ぎ取って覆い被さってきた。

「契約を交わしただろう。逃れられると思うなよ」

金色の光を湛えた瞳が、惣兵を見下ろし……身体が動かなくなる。まるで、視線で縫い留められたかのようだ。

「ッ……」

硬直した惣兵に、男は満足そうに目を眇《すが》めて顔を寄せてきた。

触れた唇は、冷たいという予想に反してあたたかかった。

ピクリとも動けずにいると、唇の隙間から無遠慮に舌を潜《もぐ》り込ませてくる。

「ぁ、っく……」

絡みついてきた舌は、ねっとりと熱く……何故か、甘く。とろりと頭の芯が蕩《とろ》けたようになり、思考力を溶かされる。

強張っていた身体から力が抜け、これまでとは違う意味で動くことができなくなった。

「ふ……相性がいいのは当然だ。契約を交わしたからには、おまえは俺に精を与える義務がある。見返りに、おまえに降りかかる呪はすべて俺が喰らう」

白く霞む、ぼんやりとした頭に男の声が響き……それならば仕方がないかと、男の言葉に納得する。

「いいな、惣兵。……俺の名を呼べ」

名前……。

この男の、そして黒いライオンの……名前。

「……昊獅」

小声で名前を口にすると、男は満足そうな笑みを浮かべて再び唇を重ねてきた。

相性がいいのは、当然か。

確かに……このキスは、悪くない。

相手がライオンだろうと、魔物だろうと……今は人の姿なのだから、別にいいかと迷いを手放す。

黒いライオンは、美しかった。蔵で『呪』を喰った、タテガミが黒い炎と化した魔物じみた姿も、ただ綺麗で……今、惣兵を組み伏せている男の姿も文句なしの美丈夫だ。

嫌悪を抱く要素は一つもなく、もともと倫理観の希薄な惣兵から抵抗の意志を削《そ》ぐには十分だった。

なにより、キスの相性は抜群《ばつぐん》なのだ。これがセックスだと……どうなのだろうと、不安よりも好奇心が勝る。

「精気はやるから、おれのことは……喰うなよ」

昊獅の頭を引き寄せると、髪を軽く摑んで注意する。

硬そうな見た目なのだが、触り心地は悪くない。夢か現《うつつ》か……曖昧《あいまい》な状態で触れた、ライオンのタテガミと同じ感触だ。

「……当然だ。喰らっては、契約の意味がない。封を解かれ、人の身を得たのだから……しばらく人の世を愉《たの》しむことにしよう」

アンバーブラウンの瞳が近づいてきて、ゆっくりと瞼を伏せた。

ギブ&テイクというやつか。

護ってくれるというのなら、これほど心強い味方はいないだろう。

見返りがこうして精気を与えるということであれば、命を削られるわけでもなさそうだし、これくらいならまぁ……いいか。

□□□

以来、昊獅とは常に行動を共にしている。

惣兵の仕事は祖父のサポートが中心で、個人宅の蔵から出た古物を鑑定したり、美術館や博物館の収蔵品を整理する際に呼ばれたりと様々だ。昊獅も助手として立ち会い、ごくまれに紛《まぎ》れている『呪』を帯びたものから惣兵を護ってくれる。

一応、惣兵の肩書きは『古物商・見習い』だが、それとは別に裏の稼業がある。昊獅のタテガミを使った筆で書いた『式鬼』を飛ばして人を呪ったり、遠視して覗き見したりというものだ。行方不明者の捜索に携わったこともある。

口コミで噂《うわさ》が広がり、いつの間にか本来の『古物の鑑定』と半々の割合で裏稼業を手掛けるようになった。

どちらにしても、昊獅が共にいるから成り立つものだという自覚はある。

式鬼を操るには、サポート役とも言える昊獅が絶対に必要だった。

式鬼が返されたり破られたりして失敗した際に、倍返しとなる呪を自身の身に受けてしまう。それを防ぐため、返された呪の式鬼を昊獅が喰らうのだ。

祖父は惣兵が怪しいコトをしていると知っているようだが、黙認。「命の危険がないなら好きにしろ」と放任主義を徹底している。

いつの間にか転がり込んできた昊獅に関しては、「物騒な友人だな。覚悟してのことなら儂は口を出さん」というスタンスでそれ以上なにを言うでもない。

惣兵のことは可愛《かわい》がってくれているけれど、基本は放任のスパルタ教育なのだ。

ただ、昊獅に惣兵への敵意はないことは見抜いているようで、跡取りである惣兵のパートナーとして適任だとほくそ笑むあたり……我が祖父ながら、クセモノのジジイだと思う。

昊獅への見返りとして精気を与える術は、人の世では性交なのだが……惣兵はもともと貞操観念が高くないので、相手が同性だろうと魔物だろうと大した抵抗感もなく受け入れている。
身体の相性はいいし、互いに必要で……特別な感情のない関係だが、心地いいのだ。
関係性としては対等……より少しだけ昊獅が上で、惣兵にとっては、友人のような利害
関係のみとは少し違う……曖昧で、でも深い関係だろう。
人としては問題アリだとわかっているが、深く考える必要がないのならこれでいいので
はないかとも思う。
自分に、普通の人間と恋愛やら結婚やらは、できると思っていない。
何年も昊獅と身体を重ねているうちに心身を侵され、いつしか惣兵も『人間』より『魔
物』寄りの存在になっている。
病気はほとんどしない。突発的な発熱くらい。
怪我は一晩で治る。年を取る速度が遅くなった。
年齢不詳と言われる容姿は老若男女を惹《ひ》きつけ、人間を堕落に誘う魔物じみているとま
で指摘される。
誰にどう言われようが、それらの変化に惣兵の自覚はないし危機感を持つでもない。
昊獅や祖父に「人ならざるものに近づいているぞ」と指摘されても、「いろいろ便利だ
し、ま、いっか」と深刻に捉えない。

今は、これでいいと思う。

昊獅のタテガミで作られた『筆』で『式鬼』を操るのは楽しいし、『呪』が破られたとしても昊獅が喰ってくれる。

見返りの交接も、昊獅は精気を得られ……惣兵は適度に性欲を発散できて欲求不満になることもなく、都合のいいことばかりだ。

これまでの七年と、同じように時を重ねる……それでいいと、先のことなどろくに考えていなかった。

《三》

カーナビに従って車を走らせる。

車自体は中古のワゴン車だが、日本全国あちこちに出向くためカーナビは最新型のものを取りつけてある。

間もなく目的地です……という音声に、退屈そうに助手席に座っている昊獅が大きな欠《あ》伸《くび》をした。

「ようやく到着か」

「ああ……住宅街の外れ、って感じだよなぁ。博物館なんか……あ、アレか？」

控え目な看板が指し示す小道へと、ハンドルを切る。

対向車が来たら、なんとかすれ違えるか……という細い道は、小高い丘の頂上にある白い建物へ続いていた。

駐車場の隅に車を駐めると、車を降りてバッグを肩にかけた。車のシートが見るからに窮《きゅう》屈《くつ》そうな体軀《たいく》の昊獅は、「うーん……」と両手を頭上に伸ばしている。

白い建物に向かって歩いていると前方から小柄な中年男性が小走りでこちらへ向かって

きた。

惣兵の前で足を止め、ふぅ……と息をついて口を開く。

「お待ちしていました。学芸員の山下《やました》です。神田さん……ですか?」

「どうも、神田惣兵です。こっちは、手伝いで……まぁ、荷物持ちとでも思っていただければ」

中年の男性の視線が、惣兵の後ろに立つ昊獅に向けられたことがわかったから、簡単な説明をする。山下と名乗った男性は、チラリと見上げて「はぁ、助手さんですか」と引き攣《つ》った笑みを浮かべた。

その顔には「胡散臭い大男」と大きく書かれていたけれど、口に出すことはできないのだろう。

確かに、普段の黒い着流しではなく無地の白シャツとブラックデニムという無難な洋服を選んで着させてはいるが、発する雰囲気が一般人ではない……と、この男に慣れている惣兵でさえ感じる。

長い髪も、首の後ろで一つに括《くく》らせたが……得体が知れない空気は隠せていない。

「えっと、さっそくご案内していただいても? 倉庫っていうか、収蔵庫ですか?」

「あ……ええ、はい。この博物館では、もともと個人収集家のものを集めていまして……建物が老朽化したこともあり、取り壊しが決まったんです。保管している物は全国各地の美術館や博物館に引き取られることになりましたが、小物類がどうも……。財団は換金を希望されているので、可能でしたら、個人的に収集されている方とのあいだを取り持っていただきたい。神田さんでしたら、顔が広いので無駄なく捌《さば》いてくださるはずだと紹介をいただきまして……」

惣兵を促して歩き出しながら、山下が丁寧な説明を口にする。

仲介した人物から祖父への依頼があった際、惣兵もその場に居合わせたので軽く聞いてはいたが、なるほど……とうなずいた。

「あー……そうですね。うちの祖父は、よくわからない人脈を持っていますので。今日は、あいにく祖父の身体が空いていませんので僕が見せていただいて、後日改めて祖父が精査します」

チラチラと惣兵を見る山下の目は、昊獅に対するものと同じくらい「胡散臭い」と語っている。

本音がだだ漏れだ。修行が足りねーぞ、おっさん……と内心嘲笑《あざわら》いながら、山下を安堵させるために『祖父』を持ち出す。

「ああ、おじい様が……では、奥の収蔵庫にご案内しますので」

惣兵の思惑通り、山下はあからさまにホッとした顔を見せた。

二十五歳という年齢的に若造と思われても仕方のない年齢だとわかっているし、自分の外見が所謂《いわゆる》「チャラい」ものだという自覚もある。

中年世代の、特に同性受けが最悪だということは身に染みているが、だからといって取り繕う気はない。

物心つく頃には古物に囲まれていたので、それなりに見る目は培《つちか》っているつもりだ。専門外のものには疎《うと》い人間が多い、学芸員程度には負けない自信がある。

初対面の印象で侮《あなど》っていた中年男性が、惣兵の有する古物に関する知識と外見とのギャップに驚く様を見るのは、なかなか楽しいのだ。

山下の後ろをついて歩きながら、こっそり含み笑いを漏らしたのだが……。

「……惣兵。本心が滲み出ているぞ」

「うるっせ」

スッと肩を並べてきた昊獅に表情の変化を指摘され、逆側に顔を背ける。

どうせ自分も、本音が隠せていないと山下を笑えない未熟者だ。

「拗《す》ねるな。愛いヤツだ」

「……バカにしてんなよ」

当然のように、惣兵の腰を抱き寄せようとした昊獅の手を叩き落として、鉄筋コンクリートの建物内を歩く。

移転作業が大方済んでいるのか、展示物はほとんど撤去されていてガランとした空間が広がっている。

　いくつか展示部屋を抜け、『関係者以外立ち入り禁止』とプレートが貼られている分厚い耐火扉を開けると、長い廊下を進む。

「こちらです」

　惣兵の前を歩いていた山下が、もう一つ扉を開けた先に、収蔵庫という名にふさわしい空間が広がっていた。

　灰色の棚には、腐敗防止の薬品漬けにされた小動物や植物の標本が陳列されている。書類ケースや古い装丁の本が整然と並んでいるかと思えば、床にはダンボール箱が無造作に積み上げられていた。

　棚を抜けて更に奥に進むと、少し広い空間が広がっている。

「……うわ」

　そこに置かれているものを目にした途端、思わず小声が漏れた。

　木の枝にとまっているのは、鮮やかな羽の雉だ。すぐ隣には、鷹らしき猛禽《もうきん》類。更には、立派な角の鹿に……。

　感嘆の声を上げた惣兵が、足を止めて見入っているせいか、山下がニコニコと笑いながら口を開く。

「すごいでしょう。本物の剝製です。これらも、個人的に収集していたという人から寄贈されたものですが……こちらには、もっとすごいものがありますよ」

本来の目的は剝製を見せることではないはずだが、山下は子供のように惣兵を手招きして棚の後ろに回り込む。

惣兵は好奇心を抑えられず、山下に誘導されるままについていった。昊獅は、「まったく」と呆れたようにため息をついて、惣兵の少し後ろをついてくる。

「これです」

「これ……って、なんですか……?」

白い布がかけられているものは、二メートルほどの高さがある。その脇には、同じく白い布に覆われた……縦よりも横に大きなものが。

単純に考えれば、二本足で立った動物の剝製と、四本足の動物の剝製だろう。これまで見たものとは、大きさが桁違いだが。

なにが隠されているのか、白い布の下を想像しようとしたけれど……大型の動物か? としか予測がつかない。

「しばらく、ここに放置していたので……埃が舞うかもしれませんが」

そう前置きをした山下が、背の高いなにかを覆っていた白い布を剝ぎ取る。直後、目の前に出現した巨体の猛獣に、ビクリと肩を震わせた。

「すご……」

剝製だ……とわかっていたのに、ものすごい迫力だ。

一言零したきり、目を瞠《みは》って見上げている惣兵に、山下は楽しそうに「すごいでしょう」と笑う。

「明治時代に、北海道の村で捕らえられた羆《ひぐま》です。どこまで本当か、人を五人ばかり食ったとか……。こちらは」

今度は、その脇にあるものを覆っている白い布を、取り払う。

覚悟していたよりも大量の細かな埃が目の前を舞い、顔を背けてしまった。が、そこにある剝製を目にした途端、埃などどうでもよくなる。

金色に近い、薄茶色の体毛に覆われた肢体。長い尾。少し開いた口元からは、立派な牙が覗く。

特徴的なタテガミはないので、きっと雌の……。

「……ライオン」

凝視した惣兵は、ポツリと零したきり絶句した。

美しい猛獣の姿だが、どうしてこんなところに……? と不思議だった。

小さな博物館の倉庫に放置されている剝製は、あまり丁寧な扱いをされているようには見えない。

惣兵が言葉もなくライオンの剝製を見下ろしていると、山下が説明をしてくれる。

「他の動物の皮を使って創作されたものかと思っていたのですが、鑑定の結果どうやら本物らしいです。書類によれば、対となる雄ライオンの剝製も同時期に日本へ入ってきたはずですが、いつの間にかバラバラになってしまったらしく……現在は所在不明になっているそうで」

「………」

山下の言葉が、耳を素通りする。

そういくつもあると思えない、ライオンの剝製……それも、雄ライオンのものがある。いや、あった。

所在不明……と頭の中でつぶやいて、チラリと昊獅に視線を向ける。

先ほどから一言も零さない昊獅は、無表情で雌ライオンの剝製を見詰めていた。アンバーブラウンの瞳は、そこにある雌ライオンの剝製の瞳と似通っている。

もしかして、昊獅に由縁のあるものではないかと思い浮かんだけれど……山下がいる前では、下手なことを口にできない。

もどかしさに眉根を寄せたところで、山下が「おっと」と声を上げた。

「すみません、つい脱線してしまいました。今日は、剝製に御用があるのではなく……こちらですね。壺やら絵皿やら、碗ですが……」

「あ、はい」

山下は、羆とライオンの剝製に白い布を元通りにかけて、早足でその場を離れる。惣兵も、そのあとに続いたが……昊獅は数歩歩くと、険しい顔で白い布をかけられたライオンを振り向いた。

その横顔には、一切の感情がない。

元が整った容貌なだけに、凍りついた湖面のような無表情は迫力があり……話しかけるのを躊躇った。

「こ……昊獅」

なんとか名前を呼びかけると、無言で捻っていた身体を戻して歩き出す。

あのライオンに、なにかあるのか？

雄ライオンと同時に、日本へ入ったはず……その雄ライオンの剝製は所在不明だという山下の言葉が、グルグルと惣兵の頭の中を駆け巡っている。

昊獅に問い質《ただ》したい。が、この場では下手なことを口にできない。

もどかしい思いを抱えて、早々に用事を終わらせよう……と奥歯を噛んだ。


「あれ、あのライオン……知り合い、か？」

ずっと頭の中を巡っていた疑問をようやく口に出すことができたのは、博物館を出て……帰宅途中の車の中だった。

普段は、無遠慮だという自覚のある惣兵にしては珍しく、遠慮がちに尋ねる。

助手席のシートに座っている昊獅はしばらく黙り込んでいたけれど、いくつも信号を抜けたところで、こちらも珍しく躊躇いがちに口を開く。

「妻だ。正確には、群れの一員だった」

「群れ……の、妻……」

ギュッとハンドルを握り締めた惣兵は、フロントガラスの向こうを見据えたまま、昊獅の言葉を復唱する。

ライオンは、雄を中心として複数頭の雌で群れを構成していると、聞いたことがある。

今、こうして助手席のシートに座っている昊獅と……野生のライオンとがうまく結びつかなくて、目をしばたたかせた。

でも、そうだ。本来の姿……威風堂々とした黒いライオンを思い起こせば、複数の雌ライオンを引き連れた群れのリーダーに違和感はない。

「思い出すのも困難なほど、遠い過去の話だ。……俺たちを捕獲するために、数え切れないほどの人間が群れを襲った。様々な理由がある。毛皮を利用しようとする者、薬として心の臓などを奪おうとする者、仔を生け捕りにして飼い馴らそうとする者……」

淡々と語る昊獅が、胸の奥でなにを思っているのかは読むことができない。過去の話だと言いつつ、心穏やかではいられないはずだ。

車を走らせているせいで、昊獅の表情……目を見ることが叶わないことも、焦燥《しょうそう》感を掻き立てる。

「俺が単独で密猟者に立ち向かい、仔や雌たちはすべて逃がしたつもりだったんだがな。……逃げ切れなかったか」

その時に、昊獅は密猟者に捕らえられたに違いない。

どのような経緯で剥製となり、日本へ渡ったのか……いくら無神経だと言われる惣兵でもそこまで追及することはできなくて、唇を引き結んだ。

昊獅はすぐ隣にいるのに、いつになく距離を感じる。

赤信号で止まるたびに、横目でチラリと見遣《みや》ったけれど、腕を組んで窓の外を見ている昊獅の様子は惣兵には窺《うかが》い知ることができなかった。

昊獅はずいぶんと長く黙り込んでいたけれど、もうすぐ自宅に到着する……という間際になって、ようやく口を開いた。

「俺は、人への怨念《おんねん》で長年かけて魔の存在となり、体毛が黒く染まった。あいつは、美しいままだったのが幸いだ」

独り言のような昊獅の言葉を耳にしながら、駐車スペースに車を駐める。ようやく昊獅に顔を向けると、ぼんやりとした外灯の光が横顔を照らし出していた。

「綺麗なライオンだったな」

惣兵のつぶやきに、薄く笑みを浮かべて小さく頭を上下させた。

「ああ……魂も、もはやアレにはない。ただの抜け殻《がら》だ」

剝製のライオンを『アレ』と呼ぶ昊獅は、ほの暗い瞳で自分の足元を見ている。

密猟者に捕らえられ、剝製にされ……幾人もの売人を経て、遠く見知らぬ国に連れてこられたに違いない。

その過程で、人間への怨念を募らせて魔の存在となり、体毛が黒く染まった。

これまで聞いたことがなかった昊獅の過去に、惣兵は言葉を失くした。

「俺が自我を得たのは、この姿の男に献上される直前だ。いつ呪い殺してやろうかと、機会を窺っていたが……殺すよりも、近くであの男を見ているほうが愉快だったからな」

言葉の途中で、昊獅の纏う空気がわずかに変化した。

人間への怨念が、その殿様によって興味へと変わり……親しみに近いものさえ感じていたに違いない。

「……型破りな殿様だったんだろうな」

「そうだな。今になって思えば、あの男は惣兵と同じくらい阿呆《あほう》だった」

「誰が阿呆だっ」

阿呆呼ばわりされた惣兵は、ムッとして言い返したけれど、胸の奥につかえていた重みが少しだけ和《やわ》らぐのを感じた。

献上されたという殿様とは、相互の意思疎通はなくても関係は良好だったようなので、それに関してはせめてもの幸いだ。

豪胆で享楽的だったらしい殿様のおかげで、昊獅にとっての人間が、憎いだけの存在にならなかったのなら大昔の殿様に感謝したい。

それきり再び黙り込んだ昊獅は、いつもなら「窮屈だ」とすぐに降りたがる車のシートに背中を預けたまま、なにやら考え込んでいる。

仄かな光に照らされた横顔に浮かぶのは、硬い表情だ。かつての、妻……剝製となっても美しかった雌ライオンのことを想っているのだろうか。

それとも、自分たちのコロニーを襲った密猟者たちへの憎悪を思い起こし、人間への憎しみを改めて募らせているのか……。

惣兵は『人間』寄りの存在だから、昊獅にかけられる言葉はない。

沈黙は、ずいぶんと長く感じられた。

静かな空気に息苦しさを覚え、おずおずと昊獅に問いかける。

「おまえは、どうしたい？　あの、剝製のライオン……」

今日の依頼は剝製に関するものではなかったので、後ろ髪引かれる思いで山下に挨拶をして、博物館を出てきた。

あそこに置かれていた剝製が今後どうなるのか、惣兵にはわからない。昊獅に、どうしたいのか尋ねたところで、願いを叶えられるかどうかもわからないが……訊《き》かずにいられなかった。

惣兵の問いに返事はなく、答えたくないのならいい……と話を切り上げようとしたところで、昊獅が口を開いた。

「……そうだな。可能なら、これ以上見世物になることがないよう……灰にして大地に還《かえ》し、ゆっくり眠らせてやりたい」

つまり、燃やして埋めたい……と。

叶えられるなら、叶えてやりたい。ただ、惣兵だけの力ではまず無理だ。

どうすればいいのか、頭をフル回転させて自分ができることを考えた。

「昊獅の希望は、わかった。とりあえず……ジイさんに相談してみる。あの博物館とのあいだを取り持った、考古学者のジジイに、買い取り交渉をしてもらって……なんとかなるんじゃないかなぁ。どうせ、博物館は閉鎖になるところだったんだし、剝製の引受先があるかどうかもわかんなかったし」

あそこで、長いあいだ白い布をかけられて埃を被っていたのだから、今更需要があるとは思えない。

買い取りを申し出て、それなりの金額を提示すれば、どうにかなりそうだ。

「……可能か」

「難しくっても、可能にしてやるって言ってんだよ」

自分にできるのはこれくらいだと思えば、叶えてやりたかった。

胸を張って豪語したからには、なんとしてでもライオンの剝製を引き取れるようにしなければ。

どこからどう手回しをするのが、ベストか……思い悩みながら、チラリと横目で昊獅を見遣る。

淋しげな顔の昊獅は、見慣れなくて気味が悪い。

それも、かつての妻だという、雌ライオンのせいで意気消沈するなど……常に飄々としている昊獅の、意外な弱点を知った。

「意外、でもねーか……」

そういえば、初めて惣兵と顔を合わせた時に言っていたと思い出す。『伴侶は、全身全霊で護る』と。

あのライオンの剝製は、過去の昊獅が護り切れなかった伴侶の姿だ。悔いて、沈み込んだ様子でうつむいても仕方がない。

「チッ、なんでこんなに……気持ち悪いんだろ」

自分の胸元を拳《こぶし》で軽く叩いて、ぐるぐると渦巻く澱《よど》んだ感情を散らそうと試みる。

「とりあえず、家に入るぞ。晩飯を食って、風呂に入って寝て……明日の朝には、ジイさんに話してやるよ」

胸の奥に停滞する、気持ち悪いモヤモヤを振り払うかのように意図して大きな声で口にすると、車のドアを開けて外に出る。

惣兵に続いて車を降りた昊獅は……らしくなくうつむき加減で駐車場に立ち、助手席のドアを閉めた。

□　□　□

「ジイさんに、めちゃくちゃ借りができた」

特大のため息をついて、目の前に広がるススキ野原を眺めた。

……博物館で見た、ライオンの剝製をなんとか手に入れられないか。

そんな、惣兵の突拍子もない頼みに、祖父はしばらく無表情で黙り込み……ボソッとつぶやいたのは、

「あの物騒な友人のためか」

という一言だったのだ。

いつからか自宅に転がり込んでいた惣兵の『友人』について、同居する祖父母は我関せずといった態度を貫いており、これまで言及したことはなかった。

ただ祖父は、「おまえに害はなさそうだから、まぁいいだろ」とだけ意味深につぶやいて、同居を黙認していたのだ。

惣兵の頼みごとが、昊獅に関係していると鋭く突っ込まれ、惣兵は……誤魔化すこともも茶化すこともなく、真顔でうなずいた。

すると祖父は、それ以上なにも言わずに友人の考古学者へ電話をかけ……惣兵がポカンとしているあいだに、ライオンの剝製を譲り受けるための手配をすべて整えてしまった。

惣兵がしたことといえば、博物館に軽トラックで乗りつけて昊獅と共にライオンの剝製を乗せ、持ち帰ったことくらいだ。

大型焼却炉を利用させてもらえるよう、知人の知人を介して交渉してくれたのも祖父で、運搬に使った軽トラックも祖父の友人から借りた。

一連のあれこれに、どれくらいの費用が必要だったのか……怖くて聞けない。

出世払いという逃げは許されないだろうから、ローンか……しばらく祖父の用で駆り出される際は、ただ働きだ。

「ライオンって、サバンナで生活してたんだよな。日本には、サバンナっつーかだだっ広い草原はあんまりないから、近場だとススキ野原しか思いつかなかったんだけど……ここでいいか？」

「上等だ。美しい」

大地に還るよう、土に埋める……と言っていた昊獅だが、自分たちの生活圏内には適した場所がないという惣兵に「そうか」と肩を落とした。

変なところに埋めて、人に踏みつけられるのも心情的に嫌だし……山などは、ライオンの生活していた環境と違いすぎて、そんなところに埋められたら戸惑うだろう。

迷った結果、ススキ野原へ灰を撒《ま》くという案に辿り着いたのだが、風に揺れるススキを眺める昊獅が満足そうなので正解だったようだ。

「これで……あいつも解放されるだろう」

灰を収めていた麻の袋を取り出して、口を結んでいた紐を解く。

躊躇うことなく、未練の欠片も窺わせず……強く吹き抜けた風が、かつてライオンの剝製だった灰を撒き上げて空へと運んでいった。

「……帰るぞ」

すべての灰を撒き終えた昊獅は、短く口にして惣兵の肩を抱き、踵を返す。

なにを思っているのか、端整な横顔を見上げても表情は一切なくて……心の内を窺い知

ることはできない。

昊獅は、一度も振り返ることなくススキ野原に背を向けて歩き続け、車の助手席に乗り込んだ。

惣兵がここに留まる理由はないので、運転席に乗り込んでエンジンをかけるほかない。

「…………」

車のシートに座る巨体は、いつもと同じく窮屈そうで……腕を組んで目を閉じた昊獅がなにを考えているのかは、やはり読み取れない。

なにを考えているかなど……今は、あの雌ライオンのこと以外にないだろう。

惣兵の知っている昊獅は、獰猛で美しい黒いライオンの剝製で……強引に惣兵と『契約』を結び、人の姿を得てからは傍若無人《ぼうじやくぶじん》に振る舞う傲慢な美丈夫だ。

ライオンとして生きているあいだ、どんな姿でどのように生活していたのかなど、昊獅は語らなかったし惣兵も考えたこともなかった。

昊獅が自ら『魔物』と自称する、黒いライオンの剝製となった過程も……知ろうともしなかった。

それらを、不意打ちとも言える状況で知った今は……。

「あー……なんか、モヤモヤする」

胸の内側が、またしてもモヤモヤしたものでいっぱいになっている。気持ち悪い。

この、なんともスッキリしない不快感の原因は……昊獅にあることには違いない。ただそれが、何故これほど停滞するのか理由がわからない。

昊獅の過去を知って……だから、なんだ？　今の昊獅に、……自分に、それがなにか関係あるのか？

「欲求不満か？　しばらく、ご無沙汰《ぶさた》だしな」

惣兵の独り言を聞きつけたらしい昊獅が、助手席から話しかけてきた。ついでのように、左手の手首を指先でくすぐられて、反射的に振り払う。

「違うっ」

と……言い返したが、そうかもしれない。それなら、思う存分に情事に耽《ふけ》ればスッキリするだろうか。

自分たちの関係は、互いの利害関係で成り立っているのだから、余計なことは考えずこれまで通りに過ごせばそれでいい。

「とりあえず、腹ごしらえをして……風呂に入ってからだ」

「やっぱり、ヤルのか」

「そうだよ！」

破れかぶれに言い返して、ハンドルをギュッと握る。

それでモヤモヤが晴れるのなら、なによりだ。

□□□

よく考えれば、返された『呪』を喰った昊獅への見返りとしての交接……という名目のない行為は、これまで片手の指で数えるほどしかない。

自分たちの関係は、『契約』によって成り立っているものだ。感情が入り込む隙など、ないはずで……。

惣兵は、自分が今、どうしてこうして昊獅との密な接触を求めるのかわからなくて、戸惑いながら昊獅の腕に身を預けた。

昊獅は昊獅で、『呪』の消化のために惣兵の精気を得るという理由もないのに、なんの意味があるのか……語らない。

「ン、なに……考えてる？」

両手で、わしゃわしゃと黒い髪を掻き乱す。

気を抜いた時や逆に理性が利かないほど昂った際、心身共に満足して眠る時にも、たまに本来の姿……黒いライオンに変わる昊獅の髪は、立派なタテガミの手触りと似ている。

アンバーブラウンの瞳を覗き込んで尋ねた惣兵に、目を細めて言い返してきた。

「特に、なにということは。惣兵が、相変わらず美味いってことくらいか」

「……うそつき」

昊獅の瞳は、膝に乗り上がって向かい合っている惣兵を見ているようでいながら……素通りしている。

身体の内側に昊獅の熱を受け入れて、これ以上なく密着しているのに、どこか遠い。

おれを見ろ。おれだけ、見ろ。

そんな、焦燥感にも似た苛立ちが込み上げてくる。焦《あせ》りのまま、昊獅の頭を両手で抱え込むようにして唇を重ね合わせた。

触れ合わせた舌も、身体の奥で脈打つ昊獅の屹立も……すべてが熱い。

自分たちが身体を重ねるための大義名分である、『呪』の消化という理由はないのに……離れられない。

昊獅の強い瞳に、食い入るように見据えられると……ゾクゾクと悪寒に似たものが背筋を這い上がった。

「も、っと……ぁ、足りね……ッ」

熱量が、足りない。もっと、昊獅の熱をぶつけられたい。

自分は、それらをすべて受け止められるはずだ。

「それほど餓《う》えていたのか。気づかなくてすまんかったな」

「ッ、謝るより、動け……って」

手足を絡みつかせて、全身で昊獅の熱い身体にしがみつき……快楽に溺《おぼ》れさせろと、懇願する。

なにも考えたくない。淫らな熱に翻弄され、濁流《だくりゅう》に沈められれば……頭を空っぽにできるはずだ。

「ッ、惣兵……そんなに食いつくな」

「足りね……ンだよっ」

身体の奥に受け入れた昊獅の屹立を、意図して締めつける。精悍《せいかん》な眉を顰めた昊獅に、物足りないと訴えて背中に爪を立てた。

「無茶したら、あとで痛いとか文句を零すだろう」

急いた気分で「もっと」と繰り返す惣兵の背中を撫でる手は、まだどこかに余裕を漂わせていて……もどかしい。

「いい、から。今は、どうでも、い……い」

今度は肩に噛みつくと、

「おまえはよくても、俺が八つ当たりされるんだがなぁ。……ったく、仕方ねぇ」

ガジガジと齧《かじ》りついて、分厚い肩や首筋に歯型をつける惣兵に根負けしたのか、惣兵の身体を両腕に抱き直した昊獅がため息をついた。

「泣いてもいいぞ。涙も……舐めさせろ」

惣兵の顔を覗き込むようにして視線を絡ませた昊獅が、目を細めてどこか淫猥《いんわい》な微笑を浮かべる。

望みが叶えられる……という予感に肌がざわつき、昊獅の髪を両手で掻き乱した。

「だれ、が。泣く……ッ！」

言い返そうとした言葉が、中途半端に途切れる。

大きく身体を揺すり上げられて、グッと喉を反らした。

決して軽いとは言えない惣兵の身体を、昊獅は難なく翻弄する。痛いほどの力で腰骨を摑まれ、逃げられないようにしておいて激しく下から突き上げられると、全身が痺れるような強烈な快感が走り抜ける。

「ふ……、惣兵、おまえはやはり美味いな。この身も……放つ気も、極上だ」

昊獅の熱っぽい吐息が首筋を撫で、薄く目を開く。

艶を帯びて潤む瞳に、惣兵が映っている。

今は……惣兵だけを、見ている。

「本気で、喰われそ……だな」

「喰われたいか？」

唇のあいだから、厚みのある舌が覗く。牙……いや、普通の人間より少し鋭い犬歯が肌に突き立てられるのは、甘美な痛みだ。

それも、いいか……。

そう、チラリと頭に過ったけれど、背を屈めた惣兵は昊獅の舌先を軽く舐めて「いいや」と否定した。

「まだ、肉体で得る欲に未練がある……から、な」

惣兵の言葉に、昊獅は無言で笑みを深くする。

大きな手が下腹部に伸ばされて、惣兵の屹立を緩く包み込んだ。

「ぁ、あ……っん」

長い指をやんわりと絡みつかされただけで、ビクビクと身体を震わせて更なる心地よさに酔う。

武骨な印象なのに、触れる手つきは優しい。

気持ちいい……。

「おまえは欲深い。だから、俺も……求められる」

惣兵の喉に吸いつきながら、昊獅が低く告げてくる。

その声と台詞《せりふ》に安堵して、昊獅の髪を摑む手に力を込めた。

「も……っと、寄越せ……」

「ッ、く……惣兵」

息を呑んだ昊獅に、甘くかすれた声で名前を呼ばれたことに満足して、熱い吐息を漏らす。

自慢にならないかもしれないが、惣兵はこれまでの二十五年、直感と、その時々の流れで生きてきた。

見えない答えを探して、頭で考えるのは苦手だ。

今は……昊獅の熱を、独り占めしていられればいい。

そう自分に言い聞かせて、存分に淫靡《いんび》な熱を貪っても、胸の内側に棲《す》みついたモヤモヤは追い出すことができなかった。

《四》

すっかり夜が更け、窓の外は闇に包まれて静まり返っている。

文机に向かった惣兵は、竹軸の黒毛の筆を手にして墨を磨った硯と白い半紙を前にすると、しばし思案した。

「やっぱ、小回りが利く小動物だよな。犬や猫より小さくて……目立たないヤツ」

前回は、『鼠』を飛ばして……返された。それならば、容易に捕獲できない『飛ぶもの』ならどうだろうか。

「惣兵。どこに、なにを飛ばす」

背後から聞こえてきた昊獅の声に、眉を顰める。

黙殺してやろうかと思ったけれど、万が一『式鬼』を破られて『呪』が返された時は助けてもらわなければならないと考えれば邪険にできなくて、ポツリと答えた。

「虎ジイの跡取りだ。……雀《すずめ》か、燕《つばめ》だな」

覗き見に適しているのは、雀だろうか。雀なら、窓枠で羽を休めていたところで気にも留めないだろう。

決めた、と筆を持つ手に力を込めたところで昊獅に水を差された。

「前回、式鬼を返されただろう。懲りてないのか」

「るっさいな」

呆れたような声で懲りない性格を指摘されて、背後を振り向く。

文机の脇にある行燈の光が、かろうじて届く位置で畳に寝そべっている昊獅は、のそりと巨体を起こして近づいてきた。

後ろに座って惣兵を抱き込むと、腹のところで両手を組む。

「暑苦しいんだけど」

「また、呪となって返ってくるかもしれんだろう。近いほうが、防御は楽だ」

そう言われてしまうと、離れろと邪険に扱えなくなる。

もし式鬼が破られて『呪』となり、返ってきたら……昊獅に喰ってもらわなければ困るのは、惣兵だ。

「二度も、式鬼が返されるとは思えないけどな」

祖父から聞いた『虎ジイの跡取り』は、惣兵より年下の男らしい。

血の繋がりがある遠縁だが、まだ二十歳そこそこだと聞いているから、式鬼返しを容易く行えるとは思えない。

前回は、目的とした『虎ジイの跡取り』とは別の、謎の人物に式鬼を喰われたのだから……二度、同じことは起きないはずだ。

「ジイさんは、虎ジイの跡取りが『興味深い守護』を伴ってたって言ってたんだ。うちのジジイが、興味深いって言うくらいなんだから……絶対に、普通じゃないだろ。面白そうだと思わないか？」

「……惣兵の好奇心は、時に厄介《やっかい》だな」

どうとでも言え、と唇を引き結んで筆を手に取った。指先を噛んで血を滲ませようとしたところで、昊獅に手首を握られる。

「俺が噛んでやろう」

「痛くしないでネ」

わざと茶化した調子で告げた惣兵に、釣られて笑うでもなく「そいつは約束できん」と低く言い返してきて、親指を口に含まれた。

鋭い犬歯の先端が、指の腹に食い込み……ぷつりと皮膚を破る。チクリとした痛みに眉を顰めて、苦情を零した。

「痛ぇぞ」

「……仕方ないだろう」

「そりゃそうだけど。もうちょい……」

滲み出た血が、玉のように膨らんだところで親指を硯の上で振って、墨にぽつりと落とす。筆を浸して墨と血を混ぜると、白い半紙の上に筆先を置いた。

スッと息を吸い込み、中心に大きく『雀』の文字を記した。

黒い『雀』の文字が半紙から盛り上がり、なんの変哲もない雀の姿に変化すると……チュンと一声だけ鳴いて羽ばたいた。まばたきのあいだに視界から消え、目的とする『虎ジイの跡取り』のところへ飛んでいく。

これでよし、とうなずいた惣兵は、文机に置いた白い半紙を見詰める。

式鬼の雀は、猛スピードで夜空を飛び……山奥の『虎ジイ』の家が近づいてくる。少しだけ隙間のある窓を見つけて、身を滑り込ませた。

暗がりの中に、この家とよく似た古めかしい畳の間が映る。

「ガキの頃にさ、うちのジイさんに連れられて虎ジイの家に行って、泊まったことがあるんだ。変な夢を見て……」

真夜中、眠っている惣兵の枕元でゴニョゴニョとしゃべっている声が聞こえてきて、目を覚ましたのだ。

なにかと思えば……。

「すげー古い茶釜《ちゃがま》と、着物の……帯《おび》が、おれを覗き込んでしゃべってたんだよなぁ。それも、小童《こわっぱ》だとか……なんだ驚かんのか、つまらん……とか。変な夢だった」

「魔物か」

「っつーか、日本で言うなら妖怪って感じかな。古い物には、魂が宿るっていうだろ。たまに、骨董品にも面白いチビがくっついてるじゃんか」

祖父は、どこまで見えているのか……ソレの存在を承知しているのか不明だが、骨董品を並べた棚のところで時おり世間話をしている小鬼のようなものがいるのだ。

それらは少しイタズラをする『天邪鬼《あまのじゃく》』だったり、厄介な『火付け鬼』だったり、愉快犯的な『夢魔』の一種だったり……。

惣兵が追い出すこともあるし、昊獅が喰うこともある。

壺に捕らえておいて、下手な偽物を持ち込んできた売人に、意趣返《いしゅがえ》しとして憑《つ》けてやったこともある。

スクリーンと化した半紙を見ながら、ぽつぽつと会話を交わしていたけれど、『雀』の視界に突如映り込んできたものに目を瞠《みは》った。

前回の、『鼠』の時と同じ……少女か？　またしても、式鬼の『雀』を察知して片手で鷲掴みにしている。

チラリと黒い影が端に映り、少女が誰かに話しかけた。

『黒雷《こくらい》、この前のモノと同じか』

『ああ。俺が喰った鼠は……美味くなかったぞ』

『鳥なら、そう不味くはないであろう。今度は私が喰う』

声が途切れた直後、『雀』の視界が真っ暗になった。息を呑んだ惣兵の目前で風に煽られたように半紙が舞い上がり、黒い炎に包まれる。

「惣兵。返《かえし》が来るぞ」

「あ……ああ」

背後から身体に巻きついている昊獅の腕に、ギュッと力が込められる。

バサッと羽音が間近で聞こえた瞬間、惣兵を目がけて飛んできた黒い小鳥を昊獅の手が摑んだ。

「ふ……ん、腹の足しにもならん」

首を竦ませた惣兵の頭のすぐ脇で、バリバリとなにかを嚙み砕く音が聞こえてくる。

シン……と静かになり、惣兵は文机の木目に視線を落とした。

「また、式鬼を破られた。なんだよ、あいつ。っつーか、もう一人……男がいたよな。そっちが前回の『鼠』を破って、今回の『雀』は女が破ったのか」

しかも、聞き間違いでなければ「喰った」と言っていた。

どう考えても、普通の人間ではない。今、惣兵の背中に密着している昊獅と、同じようなモノだとしか思えない。

小鬼の姿をした『天邪鬼』やらの小物が、視界に入ることは珍しくない。でも、昊獅のような……人に紛れても違和感のない、これほど巧みに擬態できる完璧とも言える魔物は、他に見たことがなかった。

「女の脇にいたのが、虎ジイの跡取りか？　……影しか見えなかったんだよな」

チッと舌打ちをして文机を蹴り、昊獅の腕の中から逃れた。

覗き見という目的も達成できなかったし、またしても式鬼を返されてしまった。

不手際があったわけではないのに、二度も式鬼を破られたのは初めてで……思い通りにいかなかったことに、苛立ちが募る。

「その跡取りとやらに、手を出すなということだろう。覗き見は諦《あきら》めろ。気になるなら、直接会いに行けばいい」

呆れを含んだ声で咎《とが》められ、背後の昊獅に身体を凭《もた》せかけた惣兵は、唇を尖らせて言い返す。

「やーだね。覗くから、本当の姿が視《み》えるんだ。正体を隠しているけど、人間じゃないかもしれないだろ。式鬼を喰うんだぞ？」

そもそも、虎ジイ自体が昔から得体の知れない人物なのだ。その跡取りとなれば……普通の人間ではないと言われたほうが、しっくりくる。

「今度は、式鬼じゃないヤツを飛ばしてやろ。『天邪鬼』か『夢魔』か……どれかに遭遇したら、捕まえておいて投げてやる。ジイさんは、名前を知ってるかな。そいつに、狙いを定めて……」

なにより、二度も式鬼を破られたことが悔しい。

昊獅のタテガミの毛で作られた筆と、惣兵の血を混ぜた墨で記した『式鬼』は、最強だと思っていた。

思うままの動植物に姿を変えて、自在に操れたのに。

「三度目となれば、あちらも警戒するだろう。思い通りにはいかんぞ」

「そんなの、やってみなきゃわかんねーだろっ」

どこにもぶつけられない苛立ちを抱えた惣兵は、八つ当たりなのを自覚していながら背後に身体を捻って昊獅を睨みつけた。

間近で視線が絡み、昊獅がふっと目を細める。

「……その前に、『呪』の消化だ。腹の中で、小鳥が暴れているぞ」

喉元をスルリと撫でられて、ビクッと肩を震わせた。シャツの襟から胸元に潜り込んでくる手を、拒むことはできない。

ひんやりとした指が素肌を辿り、腕に薄っすらと鳥肌が立つ。

「ッ、ん……ぁ」

「惣兵の好きにすればいい。ただ、深追いはするな」

「ン……」

小さくうなずいたけれど、心の中では「絶対、仕返しをしてやる」と決め込んでいた。

このところずっと、奇妙なモヤモヤが胸の中に居座っているから、昊獅との接触を避けていたのに……。

こうして見返りを与える羽目になったのも『虎ジイの跡取り』のせいだし、気晴らしになるかと思ったのにかえってストレスが増したのも、そいつのせいだ。

なにもかも、スッキリしない。

奇妙な黒い塊が身体の内側をぐるぐる廻り続けていて、どこかに苛立ちをぶつけなければ、ストレスで胃に穴が空くか円形脱毛症になりそうだ。

「っくしょ……、ぁ、っは……」

……どんなヤツか知らないが、絶対に泣かせてやる。二度もおれの『式鬼』を破ったことを、後悔させてやるからな。

昊獅の手に快楽を引きずり出されながら、顔も名前も知らない『虎ジイの跡取り』へ心の中で当たり散らした。

昊獅の手に触れられているのに、無心で快楽に溺れることができないのも……全部、そいつのせいだ。

これが『虎ジイの跡取り』にとっては理不尽な八つ当たりで、みっともないことをしているという自覚は……なくはなかったけれど。

□□□

「風が気持ちいいな」

暦が四月に変わり、開け放った窓から流れ込んでくる空気は、すっかり春の匂いを含んだものになった。

あの、ライオンの剝製の灰を撒いたススキ野原は、そろそろタンポポや菜の花で覆われるだろうか。

鮮やかな花に囲まれ、心穏やかに永遠の眠りについていてくれればいいのだが。

「惣兵。……来るぞ」

「あ？　なにが？」

背後から聞こえてきた昊獅の言葉に、窓に手をかけたまま振り返る。

険しい顔で惣兵を見ている昊獅が、座り込んでいた畳から無言で立ち上がって、大股で近づいてきた。

視界の隅に、なにかが過った……と首を傾けかけた瞬間、惣兵の顔の前に昊獅の手が伸びてくる。

「うわっ、なんだ?」

なにが起きたのかと思えば、昊獅が拳を握っている。

その手の中に、なにが捕らえられているのか……正体がわからなくて、コクンと喉を鳴らした。

「なに、握ってんだよ」

「……天邪鬼だ。惣兵が投げた時より、育っているが」

目を細めてそう口にした昊獅は、口を開けてポイッと放り込む。飲み込む……かと思えば、思い直したかのように口の中から摘み出した。

なにがあった?

「背中に伝言がある。……ソウジの孫へ返す」

「あー? ソレ、この前おれが投げたヤツ……っつーか、送り主がおれだって、わかってんのかよ!」

古い花瓶に憑いていた天邪鬼を、『虎ジイの跡取り』に向けて投げたのは、一か月ばかり前のことだ。

戻ってこないので、今度は成功したとばかり思っていたのだ。

天邪鬼に憑かれて、さぞ困惑しただろうと笑う惣兵に、昊獅は「悪趣味だな」と呆れた顔でつぶやいていた。

なのに……今更、忘れた頃になってソレを返されるなど想定外だった。しかも、『ソウジの孫』を名指しで、わざわざ成長したヤツを。

「どうする？」

「……喰わないなら、捨てておけ」

昊獅が喰わないのなら、惣兵にももう用はない。同じ手は、二度使えないだろうし……

天邪鬼を憑ける用途など、まずないはずだ。

惣兵の言葉にうなずいた昊獅は、窓の外へ思い切り投げ捨てた。

波長の合った、運の悪い通行人に取り憑く可能性もあるけれど、人体に害はないはずなので放っておいていいか。

「っつーか、アレ……挑戦状だよな」

「そうか？　ただ単に、返却しただけじゃないか？」

「指名されたんだぞ。しかも、育って……って、どうやって育てたんだろ」

惣兵は、長く昊獅と交接していたせいか……人ではないモノを見ることもできるし『式鬼』を操ることもできる。

けれど、それらを育てるなど不可能だ。どうすればいいのか、わからない。

自分にはできないそんなことを、『虎ジイの跡取り』はできるのか？

唇を噛んで足元を睨んでいた惣兵は、顔を上げて壁際にあるパイプラックに向かった。

外出用のバッグを探り、財布の中身を確かめる。

ガソリン代と、土産代くらいは出せるか。

シャツに薄手のジャケットを重ね、バッグを斜め掛けにした。スマートフォンは……山の中で使えるかどうかわからないが、一応持っていこう。

「……惣兵?」

無言で外出の準備をしている惣兵に、昊獅が不審そうな声で呼びかけてくる。

仕事なら、たいていは共に出向く昊獅にも予告してあるのに、今日はなにも言っていないせいだろう。

惣兵が一人でふらりと外出するのは、遊びに行く時くらいで……数日前、それで衝突したばかりだ。

「また、どこぞの女……か、男と閨《ねや》にしけ込む気か」

「また、って人聞きが悪いな。三日前のは、未遂だったろ。誰かサンが妨害してくれたおかげでな」

スマートフォンをデニムパンツの尻ポケットに突っ込みながら、ジロリと昊獅を睨みつけた。

この男は、適当に入ったクラブで惣兵に声をかけてきた女や男を、悉《ことごと》く蹴散らしてくれたのだ。

昊獅と行動を共にするようになって、約七年……夜遊びをしようという気も、そんな心身の余裕もなかった。

昊獅へ精気を与えるだけで手いっぱいだったし、『式鬼』を操ることは夜遊びよりも楽しかった。

でも、ふと頭に浮かんだのだ。

昊獅は、いつまで自分と一緒にいる気だろう……。惣兵に厭《あ》きるか、我儘《わがまま》なところに呆れるか……他にもっと好みの人間を見つけて離れていった時に、昊獅と出逢う前と同じ生活が送れるのか？

一度そんなふうに思い浮かんでしまうと、確かめずにいられなかったのだ。

自分は、昊獅以外の人間と寝ることができるのだろうか……と。

試してみようという目論見《もくろみ》は、割り込んできた昊獅によって阻止されてしまい、結局目的は達成できていないままだが。

「どうして、突然そんな気になったのか知らんが……俺が相手では不服か」

「おまえはっ……そういうんじゃ、ないだろ」

確かに、『契約』は交わした。

惣兵を『呪』から護る、その見返りに『精気』を与える。ただ、お互いだけだという文言は一言もなかったはずだ。

縛られる理由はないだろうと……七年ものあいだ、そのことを思いつかなかったことが不思議なくらいだった。

「そういうんじゃない？」

「おれたちのあいだに存在するのは『契約』で……おれも昊獅も、お互いだけだって関係に縛りつける効力はない」

言い終えて目を逸らす惣兵に、昊獅は胸の内を計ることのできない淡々とした声で言葉を続ける。

「それが、本心か。おまえは、俺以外の女か男と交接したいと？」

低い声は、憤《いきどお》りや惣兵を責めるというよりも、どこか傷ついたような響きだった。

グッと右手を握り締めた惣兵は、昊獅と目を合わせることができないまま、ポツリと言い返す。

「……昊獅に、責められる謂れもないだろ」

昊獅の問いを、肯定も否定もできなかった。

したいのかと尋ねられたところで、惣兵は自分がそうしたいと望んでいるのかどうか……自分自身でも、よくわかっていないのだ。

ただ、できるのかどうか、試したかっただけで……それも、未遂に終わったけれど。

試して、できていたらどうしたのか……できなかったらどうだったのか、今となっては想像することさえ叶わない。

　混乱が、深まっただけのような気もする。

　惣兵が言葉を切ると、妙に重い沈黙が漂った。昊獅が大きく息をつき、わずかに声のトーンを和らげて口を開く。

「それでおまえは、どこへ行こうとしているんだ?」

「なんだよ、改めて。……男か女を見繕いに行く気かって、決めつけたくせに」

「下衆《げす》の勘繰りだった。俺が邪魔でなければ、伴わせろ」

　拗ねた惣兵に、昊獅は呆気《あっけ》なく自分の非を認めて同行を願い出る。

　そんなふうに言われてしまえば、一人で行くからついてくるなと……背を向けられない。

　なにより、昊獅が一緒なら心強いのは確かで、本当なら惣兵から「ついてきてくれ」と頼まなければならない場面だ。

　ただ、我ながら無用な意地を張っていると思いつつも素直に言えず、ボソボソと口にした。

「山……『虎ジイ』のところ。挑戦状を寄越されたからには、無視できねーし。挑戦状っていうより、宣戦布告だよな」

　わざわざ、当初より育った『天邪鬼』をピンポイントで寄越されたのだから、宣戦布告に等しいはずだ。

そう告げた惣兵に、昊獅はなにも言わずに立ち上がり……肩を並べてくる。

そのものの言葉はなくとも、惣兵と共に行くという意思表示だ。

そっぽを向かれるかもしれないと危惧《きぐ》していた惣兵は、ホッとしたけれど……素直に表すことができずに、昊獅から顔を背けた。

「ガキの頃に何回か行ったけど……めちゃくちゃ久し振りだし、ジイさんにもう一回行き方を訊いてくる。昊獅は、外を歩ける格好に着替えてろよ」

「ああ」

怪しげな黒い着流しではなく、人間に混じっても違和感のない洋装に着替えろと言い置いて、自室を出た。

祖父は、外出するという話を聞いていない。この時間なら、骨董品店の店頭に出ているはずだ。

階段を下り、一旦玄関の外に出て建物を回り込むと、店の出入り口の扉を開ける。

「ジイさん、ちょっと出かけてくる。……虎ジイの家って、どうやって行くんだっけ」

店頭から声をかけると、薄暗い店の奥から祖父が出てきた。

レトロなカウンター台を挟んで、惣兵を見上げてくる。

「……虎のところへとな。ほう、珍しいの。そういや、あそこの跡取りの若葉《わかば》とは逢ったことがないのか」

「うん……まぁ、ちょっと挨拶をしておこうかな、って思ってさ」

既に、友好的とは言い難い『挨拶』は交わしているのだが……そこまで説明する必要はないかと言葉を濁す。

「ちょっと待て。メモを書いてやる。まぁ、迷うことのない一本道だ。ついでに、虎に届け物をしてくれるか。もらい物の饅頭《まんじゅう》と……おお、缶詰も余っておった。歳暮でもらったのはいいが、仕舞いっぱなしになっておったものが……」

ゴソゴソと大きな箱を取り出した祖父に、苦笑を浮かべて「ついでだからいいけど」と答えたが、最終的に五つになった紙袋に遠い目をしてしまった。

それも、缶詰やら醤油やら、油やら……重量のあるものばかりだ。トドメとばかりに、一升瓶の酒を二本。

「今の時期はまだ、夜になれば山道が凍結するはずだ。今日中に帰るのは無理だろうから、替えのパンツを持っていって泊めてもらえ。若葉と意気投合したら、しばらく遊んでくればいい」

「泊まるとか、こっちで勝手に決めていいのかよ。それに、ガキじゃないんだから……遊ぶとか」

ぶつぶつ口にする惣兵を見上げた祖父は、「カカカッ」と珍妙な笑い声を上げて「着く頃には日暮れだ」と唖然とする一言を言い放つ。

それは確かに、今夜だけでも泊まらせてもらわなければならない事態になりそうだ。凍結した山道を運転して、無事に帰ってこられる自信はない。

「惣兵も若葉も、まだまだ小童だ。虎によろしく伝えてくれ。互いに生きているあいだに、また酌《く》み交わそうってな」

「あー……虎ジイは知らねぇけど、ジイさんは、あと三十年はピンピンしてるだろ」

「なに、虎のほうが健勝だろうよ。ほれ、地図のメモだ」

「………」

確か、虎ジイも祖父と同世代のはずだ。

心の中で、あんたら二人とも妖怪かよとつぶやいて、地図らしきメモをジャケットのポケットに突っ込むと、ズシリと重い紙袋を両手に持った。

紐が手のひらに食い込んで、痛い。そして、底が抜けそうで怖い。

……同行する、力自慢の大男に押しつけようと決めて、「行ってくる。ドア閉めといて」と店を出た。

若葉、か。

祖父は楽観的に「意気投合したら」などと、友達を作りに行くかのような言い回しをしていたけれど、惣兵としてはのん気な気分でいられない。大袈裟《おおげさ》かもしれないが、決闘に赴《おもむ》くような心情だ。

あちらも、惣兵が……『ソウジの孫』が式鬼やら天邪鬼やらを寄越していたことを知っているようなので、心穏やかに惣兵を迎えたりしないだろう。

ほんのわずかな不安と、奇妙な昂揚感を抱えて、店の前の路地に佇んでいる昊獅に歩み寄ると両手に持った紙袋を差し出した。

「これ、持ってくれ。ええと、地図のメモ……って、大雑把《おおざつぱ》だなっ！」

ポケットから取り出した、白い紙片に目を落とす。

最寄りのバス停の名前が書かれているけれど……そのあとに続くのは、脇の一本道を山に向かって真っすぐ、というとんでもなくざっくりとした文字だ。

恐ろしく適当な、地図とは呼べないメモに頭を抱えたけれど、とりあえず行ってみよう……と昊獅を促して駐車場に向かった。

《五》

「や、やっと到着……だよな？　ここまで、他に家はなかったし」

どっしりとしたレトロな日本家屋の前、少し広くなっているところにワゴン車を駐めた惣兵は、サイドブレーキを引いて大きく息をつく。

祖父の言葉は脅しや誇張ではなく、目的地に着く頃には山の影に西日が隠れていた。

渡された地図も、ざっくりしたものだと思ったが間違いではなくて、迷いようがない一本道だったのは幸いだ。

ただ、本当にこの道の先に人家があるのかと不安になるほど、延々と続く細い道だったのだが……。

エンジンを切ったところで、玄関扉が少し開くのが見えた。車が家の前に停まる音が聞こえて、様子を見に出てきたのか……誰かがひょこっと顔を覗かせたかと思えば、すぐに玄関の内側に引っ込む。

なんだ？　と首を捻った惣兵は、車から降りて半分ほど開いたままの玄関を眺めた。

「惣兵。こいつらはどうする」

助手席から降りた昊獅に名前を呼ばれて振り向くと、後部座席のドアを開けて紙袋を手に持っていた。

祖父から『虎ジイ』へと、託された手土産だ。缶詰やら醤油やら油やらばかりで、笑えるほど重い。

そのまま昊獅に運び込んでもらおうと、玄関を指差した。

「あ、持ってきてくれ。運び込むのは、あっち」

つい先ほど、誰かが戸口から見ていたはずなのに、どうして出てこないのだろう。

不思議に思いながら玄関に歩を進めた惣兵は、勝手に玄関先に入るぞ、と半分開いている扉から中を覗き込む。

その瞬間。

「うわっ！」

「あぁっ？」

すぐ傍で悲鳴を上げられて、身構えていなかった惣兵はビクッと身体を震わせた。

驚きのあまり、心臓がドクドクと激しく脈打っている。

何事かと思えば、玄関を入ってすぐのところに、誰かが立っていた。

「ビックリしたっ」

驚かせやがって、と無言でジロリと睨み下ろした相手は……根元部分が少しだけ黒い、キラキラと派手な金髪の青年だ。

十センチほど低い位置にある頭をジッと見据えた惣兵は、最近じゃ珍しいヤンキー頭……と心の中でつぶやいた。

先ほどの悲鳴の主《ぬし》だろう金髪の青年は、無言で目を見開いて惣兵を見上げている。

そうして間近で顔を突き合わせたまま、視線を絡ませること数十秒。

「えっと……人間？」

惣兵を見上げている青年が、恐る恐るといった口調で問いかけてきた。想定外の質問に脱力した惣兵は、右手で自分の頭を掻きながら言い返す。

「人間じゃないように見えるか？」

古物の鑑定に出向いた先で、「本当にあんたが鑑定できるのか」とか「人を見かけで判断してはいけないとわかっているけど……」とか、いろいろ不安そうに言われてきたが、人間かどうか疑われたのは初めてだ。

苦笑した惣兵に、青年は勢いよく頭を左右に振った。

「……えっと、いや……人間だったらいいや。お客さんが来るって聞いてなかったから、ビックリしただけで」

はぁ、と。

大きく安堵の息をついた青年に、予告せず訪ねたのは確かに悪かったかと苦笑する。ただし、それには理由がある。

「ああ……予告しようにも、ここって電話がねぇんだよな」

祖父曰く、通信手段は郵便か……冗談だと思うが、伝書鳩しかないらしい。現代日本では、ものすごく珍しいのではないだろうか。

惣兵の言葉に、青年は少し申し訳なさそうな顔で「電話はないですね」と肩を竦める。見たところ、二十歳そこそこだ。で、『虎ジイ』の家にいる……という条件が当てはまるこの人物は、惣兵がここを訪問するきっかけとなった当人だろう。

「おまえ……もしかして、若葉？　虎ジイは元気か？」

若葉かと名前を呼びかけると、正解だったらしく青年は目を瞠って驚きを表す。外見はヤンキーなのだが、ヤンチャな第一印象を裏切るずいぶんと素直な性格らしい。

「そう……です、けど」

戸惑いがちにうなずくと、誰？　と視線で問いながらチラ……チラと惣兵を見上げて、その背後……突っ立っているだろう昊獅に視線を移す。

今度は、顔に大きく「何者だ？」とか「デカい。怖い」とか、「胡散臭い」と書かれている。

あの『虎ジイ』の跡取りであり、同居する若葉とは、どんな青年なのか。

自分と同類の軽い性格なのか真逆の生真面目な青年か、いろんなパターンを予想していたのだが、このタイプは想定外だ。

いきなりケンカ腰で突っかかってこられたら、応戦あるのみ……と戦闘モードだったのに、拍子抜けしてしまう。

なんとか笑いを堪《こら》えて、顔に書かれている若葉の疑問に答えてやった。

「おれは、神田惣兵。若葉には、骨董品屋のソウジの孫だ……って言ったほうが、わかりやすいか？」

「あー……！」

やはり、惣兵の名前……というより、ソウジの孫という言い回しに思い至るところがあったらしい。

ますます大きく目を見開いた若葉が、惣兵の顔を指差して驚愕《きょうがく》の声を上げた。なんとも素直な反応に、笑みを深くして背中を屈めると若葉に顔を寄せる。

「失礼だな。人を指差しちゃいけませんって、幼稚園で教えられなかったか？」

「あ、あ……っと、すんません。ソウジさんの、孫って……」

口籠り、唇の端を引き攣らせて天井付近に視線を泳がせた若葉の頭の中では、なにが渦巻いているのだろうか。

惣兵が飛ばした二度の『式鬼』のことか、一か月ほど前の『天邪鬼』のことか……。

きっと、人の悪い笑みを浮かべているという自覚はあるが、惣兵は口を噤《つぐ》んで若葉からなにか言い出すのを待つ。

「あの」

ようやく言うべき言葉が思い浮かんだらしく、若葉が思い切ったように口を開いたのと同時に、廊下の奥から老人の声が聞こえてきた。

「若葉、玄関先でなにをゴチャゴチャやっておる」

「虎七郎ジイさん！　えっと、お客さん。ソウジさんの……」

若葉が振り向き、惣兵もそちらを覗き込んだ。作務衣に綿入れを羽織った小柄な老人が歩いてきて、足を止める。

惣兵が最後に顔を合わせた、十年ばかり前よりは年を食った感じだが……。

「虎ジイ、ソウジの孫の惣兵だけど……わかる？　虎ジイは、全然変わってないな」

名前を呼んで笑いかけると、老人は「おお」と破顔した。

姿形というよりも、雰囲気……全身に纏う空気感が記憶にあるままだ。

ついでに、惣兵の祖父と同じ『得体の知れないジジイ』カテゴリーに属していることもあり、一目で『虎ジイ』だと確信した。

「惣兵か。久し振りだの。ソウジは達者か」

「うん。おれより元気。突然来て、ごめん。ここに来るって言ったら、うちのジイさんから大量に土産を持たされた。お邪魔していい？」

背後に身体を捻って、昊獅が両手に持っている紙袋を指差す。虎ジイは、惣兵から昊獅に視線を移して小さくうなずいた。

「もちろんじゃ。……なにやら物騒な空気のツレも、入ればええ」

「……だってさ、昊獅」

物騒と言われた昊獅に苦笑して見せると、しかつめらしい顔でうなずいて開け放したままだった玄関扉を閉める。

若葉は、「虎七郎ジイさん、晩飯はプラス二人分だな」と笑い、惣兵と昊獅をもてなす意思を表した。

なんだか、いろいろ……予想していたよりも、平穏な感じじゃないか？

若葉は、想像よりちびっ子で可愛らしいし……これはたぶん、『式鬼』が喰われた現場に居合わせた男とは、別人だ。きちんと『視た』わけではないけれど、あの男が発する気はもっと異質なものだった。

「まぁ、上がれ。泊まっていくだろう」

「あ……うん。夜になったら凍るっていう真っ暗な山道を下りるのは、怖いから……そうさせてもらえると、ありがたい。着替えは持参してる」

玄関の外は、既に夕暮れとは言い難い雰囲気になっている。もう十分もすれば、完全な『夜』になるだろう。

ここまでの道程を思い起こせば、外灯など一つもなく……祖父曰く、日が落ちれば凍るという山道を、車のヘッドライトだけを頼りに下るのは無茶だ。

「若葉。部屋に案内してやれ。布団の予備は、適当に引っ張り出せばいい」

「ん。布団、仕舞いっぱなしだけど大丈夫かなぁ。あっ、いざとなったらアイツらの部屋にあるものを借りればいいか。昨日、出かける前に干してた」

虎ジイと若葉の会話から、予告なく訪ねたせいで困らせているか？　と察した惣兵は、二人の会話に割って入る。

「気を遣わなくていいよ。毛布が一枚あれば、布団はなくてもなんとかなるし」

実際のところ、昊獅がいれば毛布も不要だ。本来の姿に戻った昊獅にもたれかかれば、天然の毛皮のベッドになる。

「街ではどうか知らんが、ここの夜は冷え込むぞ」

「そうそう。まだ雪がチラつくことがあるくらいだし」

何故布団が不要なのか、不自然ではない理由を二人に説明することはできそうになくて、コクコクとうなずく。

昊獅と共に廊下に上がり、「こっち」と先に立って歩く若葉のあとについて廊下を進んだ。

きょろきょろと視線を巡らせて様子を窺っても、他に人がいる感じではない。惣兵が飛ばした『式鬼』を喰った謎の少女は、声一つ……気配さえ感じなかった。

やはり、虎ジイと若葉の二人暮らしか？　それにしては、家全体の空気に雑多な『気』が漂っているような……？

なんとも奇妙な屋敷だが、まだ足を踏み入れたばかりだ。

夕食をご馳走になり、泊まらせてもらうのだから……探る機会は、これからいくらでもあるだろう。

「惣兵。余計なことはするなよ」

背後からコソッと話しかけてきた昊獅を、睨みつけて言い返す。

「うるっせーな。放っておけよ。だいたいおまえは、いっつもおれがやることにケチをつけようとするけど、保護者かよ。おれは、幼稚園児じゃねーぞ」

「惣兵の好奇心は、猫が殺されるヤツだ。俺が庇《かば》えるうちはいいが……」

その場で昊獅と言い合っていると、惣兵がついてきていないことに気づいたらしく、廊下の角で立ち止まった若葉に名前を呼ばれる。

「惣兵さん？　えっと、こっち……」

「ああ、悪い」

昊獅から顔を背けた惣兵は、早足で若葉のあとを追った。

頭の中に、昊獅が言いかけて中途半端に途切れた言葉が巡っている。

……庇えるうちはいいが……続きはなんだ？　そのうち庇ってやれなくなる、みたいな言い回しをしやがって。

呉獅に対してしばらく収まっていたイライラがまた再燃するのを感じて、グッと奥歯を嚙み締めた。


「飲める口か、惣兵」

「っていうほどじゃないけど、まぁ……そこそこ」

夕飯の席で虎ジイに差し出されたのは、徳利《とつくり》とお猪口《ちよこ》という畏《かしこ》まったものではない。テーブルにドンと置かれたのは、一升瓶と湯呑みだ。

祖父の晩酌につき合ったり、好みのものを捜して自身で洋酒を買い込んだりと、酒には慣れ親しんでいる。

「すげー強いわけじゃないけど、三合や四合では酔い潰れないし酒の味は好きだ」

そう答えた惣兵に、虎ジイはあからさまに嬉しそうな顔を見せた。一升瓶を包んでいる和紙を、ベリベリと大胆に剝ぎながら口を開く。

「よしよし。若葉はすぐ潰れるから、つまらんのだ。そっちの、呉獅といったか……惣兵のツレ、あんたも飲め」

「いや、俺はさほど……酔わんので、無駄になる」

魔物の昊獅は、基本的に飲食をしなくても生きていける。ただ、飲み食いできないわけではない。

栄養として役に立たないし、アルコールの酩酊《めいてい》感もゼロらしいので、本人も言うように無駄なだけだ。

そこまで虎ジイに説明することはできず、「いいから飲め」と勧められては固辞することもできないので、湯呑みを昊獅の前に差し出した。

「うわー……宴会が始まるのか。おれ、早々に抜けて寝てもいいかなぁ」

テーブルを挟んで、惣兵の正面に座っている若葉がぼやくのが聞こえてきて、チラリと目を向けた。

「若葉とじっくり話したいから、勝手に抜けるなよ」

「……じっくり、話……って」

惣兵が、あえて意味深に口にした『話』の内容がどんなものなのか、悩ませたに違いない。戸惑いの表情を浮かべた若葉の隣で、虎ジイは機嫌よく笑っている。

「おお、年頃の近い友人ができるのはええな。おまえたちのつき合いは、これから長くなるはずだ。しっかり交流を深めろ」

「……っても、天邪……」

言いかけて、ハッとした顔で口を噤んでこちらを見た若葉と目が合い、わざとニヤリと笑いかけてやる。

天邪鬼を寄越したのが、惣兵だと……やはり、確信している。

それなら、話が早い。

渾身《こんしん》の『式鬼』を喰ったヤツらの正体を吐かせてやろう。かつて経験のない、二度の式鬼破りをされたからには……相応の『礼』もしたい。

「仲よくせぇよ！」

「えー……できるのかなぁ」

不安そうな若葉のつぶやきがバッチリ聞こえてきて、惣兵はうつむいて「くくく」と肩を震わせた。

予想外に面白そうなヤツだ。なかなか、イジリがいがありそうだし……若葉は引き気味のようだが、惣兵としては仲よくするにやぶさかではない。

「まぁ、ちょっとくらいはつき合えよ、若葉」

一升瓶を摑んで口を向けると、渋々……といった顔と動きで湯呑みを摑んで、惣兵の杯を受けた。

見かけに反して、やはり素直だ。ついでに、好意を感じれば突っ撥《ぱ》ねられない、お人好しな性質もあると見た。

そうして『若葉』を分析していることがわかったのか、

「……惣兵、悪い顔になってるぞ」

隣の昊獅に小声で咎められたが、聞こえないふりをして「いただきます」と両手を合わせた。

テーブルには、山菜やらキノコを中心とした料理が並んでいる。

惣兵が祖父に持たされた、手土産の缶詰を使ったアレンジが加えられているものもあり、基本は質素ながら美味そうだ。

「虎ジイが飯を作ってんの？」

「若葉も、二、三品はな」

箸《はし》を持った惣兵は、若葉に視線を移して「おおっ、すげー」と称賛する。ストレートに褒められた若葉は、照れ臭そうな顔で口元をもごもごさせている。

「うちは、ばぁちゃんが飯を作るから、おれは食う専門なんだよな。ただ、若葉さぁ……たまに、ハンバーグとか焼肉とか、ラーメンに餃子なんかをガッツリ食いたくなること、ないか？」

「……ある」

虎ジイへの遠慮があるのか、目はきらりと輝いたけれど口調は控え目だ。

やっぱり、素直……と笑みを深くして、言葉を続けた。

「今度、おススメの店に連れていってやるよ。街に出てきたら、ジイさんの店に寄れ。どこかに出張で出向いてなければ、たいていおれも店にいるからさ」

「いいのっ？　ッ……あ、でも……ちょっと相談してから、かな」

パッと目を輝かせた若葉だが、視線を泳がせて声のテンションを下げる。

相談しなければならない相手とは、誰だ？

「虎ジイは、相談なんかしなくてもダメって言わないだろ」

「う、ん。虎七郎ジイさんじゃなくて、えーと……まぁ、面倒なのがいて……」

ごにょごにょと言葉を濁《にご》した若葉に首を傾げていると、話を切り上げようと意図してかズイッと一升瓶を向けられる。

「飲んでる？　注ぐけど」

「ああ……さんきゅ。おまえも飲め！」

「あっ、おれはあんまり……ちょっとでいいって」

淡々と飲み続ける虎ジイと、ちょっとずつ！　と逃げながらも自己申告より弱くない若葉との宴席は、予想もしていなかった愉快なもので……隣に座している寡黙《かもく》な昊獅を蚊帳《かや》の外に追い出して、存分に飲み食いした。

ここしばらく胸の中に滞《とどこお》っていた、気持ち悪いモヤモヤとしたものが、酒と一緒に流されていくみたいだ。

「惣兵。ほどほどにしろよ」

ボソッと投げつけられた昊獅の忠告にそっぽを向いて、湯呑みを握り続けた。

テーブルを囲むのは、虎ジイと若葉、惣兵と昊獅……四人だけだったはずだが、いつからかもっと多くの気配がテーブル周辺を漂っていると感じたのは……自覚しているより、酔っ払っていたのかもしれない。

ふわふわ……あたたかいものに、全身を包まれている。気持ちいい。

……でも、首筋に触れるものが少しくすぐったい。

「惣兵。尾を掴むな。毛が抜ける」

「んー……ん？　ああ……昊獅か。おれ、いつの間にか寝落ちしてた？」

瞼を開いた惣兵の目に映るのは、黒い体毛に覆われた巨体のライオンだ。

寝惚けているのでも、酔っ払っているのでもなく……昊獅が真の姿に変化して、ベッド代わりになってくれている。

全身を包む心地いいぬくもりの正体を知っても、意地を張って離れることができないくらい気持ちいい。

「飲み過ぎだ。若葉が心配してたぞ」

咎めるように尻尾の先で軽く頰を叩かれて、手の甲で払う。

若葉、に……用があった気がするのだが……。

「若葉。……そうだ、若葉！　あいつに、『式鬼』のことを聞こうと思ってたんだ。若葉の部屋はどこだ？」

もともと、それが目的でこんな山の中までやってきたのだ。宴会に出席するためではないし、酔い潰れるなどもってのほかだ。

立ち上がった瞬間、クラリと眩暈《めまい》に襲われたけれど、気合いで足の裏を踏ん張った。

そのまま、ふらふらと廊下との境になっている襖《ふすま》に向かうと、昊獅の声が背中を追いかけてくる。

「あっ、おい。まだ酔ってんのか？　丑三《うしみ》つ時《どき》だ。若葉は寝床だろう。……惣兵、聞こえてるのか」

「聞こえてるけど、聞き入れねぇ」

振り向き、ふふん、と笑って見せて襖を開けた。

途端に廊下からひんやりとした空気が流れ込んできて、寒いな……と薄いシャツ一枚の腕を擦る。

足を踏み出した廊下には、同じような襖がいくつも並んでいる。若葉の部屋は……光の漏れているところに違いない。

ギシギシと床板を踏んで廊下を歩くと、細い光の筋が漏れている一室に行き着いた。

ここ……か？

「んー……なんだ、邪魔だな」

襖を開けようとしたら、足元にヤカンのようなものと玄関マットに似た布が落ちていて、足で隅に蹴り避けた。

『な……っ、無礼な！』

『ちょっと、お兄さんっ。いい男だからって、なにしても許されるわけじゃないよっ』

『……姐《ねえ》さん、怒り方が手ぬるいんじゃが』

『茶釜はお黙り』

ゴチャゴチャ話し声が聞こえた気がしたけれど、目を凝らした廊下は薄闇に包まれていて人影などない。

……やはり、まだ酔いが残っているのだろうか。

それより今は、

「若葉っ！」

名前を呼びながら、勢いよく襖を開け放した。

ぼんやりとした間接照明の灯る部屋に布団が敷かれていて、若葉が……いるけれど、若葉だけではない？

目をしばたたかせる惣兵に、男が低い声で脅すように話しかけてきた。

「野暮《やぼ》な客人だな。……俺がちょっと留守をしているあいだに、酒を飲ませたのはおまえだろう。若葉の眠りを妨《さまた》げるな」

「は……あ」

金髪が見えるのだから、布団に横たわっているのが若葉であることは間違いない。

その脇で添い寝をしているのは、黒い男だ。長い髪も漆黒で、纏う空気も夜の闇に溶け込みそうで……妙な威圧感を漂わせている。

「おまえには思うところがある。が、今は若葉の休息を優先したい。夜明けを待ってやるから、ありがたく思え」

「なんか、偉そうな……っ？」

ムッとして言い返そうとした惣兵だが、背後から誰かに肩を掴まれて言葉を切った。

振り向くと、人の姿に化した昊獅が立っている。

「惣兵。ここは引くぞ」

昊獅は、チラリとだけ部屋の中に視線を投げて、惣兵の肩に置いた手に力を込める。

部屋の中からは、立ち去れという圧を感じ……昊獅からは、引きずってでも部屋に連れ戻そうという気迫が伝わってくる。

訪ねてきた当初の目的だった若葉は、すっかり眠り込んでいるらしい。こうして騒いでいても、布団に横たわったまま動かない。

「……んだよ。わかったよ。お邪魔さんっ」

二人の男に気迫負けしたと思われたくなくて、わざと音を立てて襖を閉めた。

昊獅の手を叩き落として踵を返した惣兵は、八つ当たりで廊下の端に転がっているヤカンを蹴り、玄関マットを踏みつけて歩き出す。

『イテテ、憶えてろよっ』

『あん、痛いわぁ。残念な足癖だねぇ』

『……姐さん……』

「惣兵。余計なことをするなと」

「あー……なんか、ゴチャゴチャうるせぇな。寒いし……寝るっ！」

背中越しに、複数の声が重なって聞こえてくる。動いたせいで、再び酔いが回ったのだろうか。

ガシガシと自分の頭を掻いた惣兵は、昊獅の腕を摑んで大股で割り当てられた部屋に向かった。

古くて、山の中に建っているからか無駄に広くて……奇妙な屋敷だ。

虎ジイと若葉の印象は、悪くなかったけれど……さっきの、偉そうな黒い男は、なんなんだ？

二度の『式鬼』が喰われた場に いた男とも異なる空気だが、若葉に対する敵意はまったくなさそうだった。むしろ、若葉を護るように寄り添っていた。

「足が冷えるっ。もう一回、毛布になれよ昊獅」

足の裏から這い上がる冷気に眉を顰めた惣兵は、こちらも黒い男を見上げて命じる。

昊獅は仕方なさそうにため息をついて、

「俺が止めるのを、聞かずに飛び出したくせに……我儘だな」

そんなふうに答えたけれど、惣兵の望みを突っ撥ねないことはわかっている。

同じような黒い男でも、さっきの男は……鋭利な刃物のような、冷たい感じがした。

おれは、傍に置くなら昊獅のほうが……と無意識に身体を寄せそうになり、慌てて飛び退く。

ついでに、いつから摑んでいたのか、昊獅の腕を握っていた手をパッと離した。

「惣兵？」

「寒いんだよっ」

両手のひらで腕を擦り、ついでのように頬を手の甲で擦り……昊獅を振り向くことなく、襖が開いたままだった部屋に入る。

心臓が、奇妙に脈打っている。

昊獅のほうが……？　今おれは、なにを考えようとした？

自分の心臓の音が、気持ち悪い。なんなんだ、いったい。

惣兵は、正体のわからない気持ち悪さに唇を噛み、ひと眠りしたら忘れる！　と暗示をかけるように自分に言い聞かせた。

そうでなければ、本当にわけがわからなくて、認めたくないけれど……怖い。

《六》

初対面の印象では、現代日本では絶滅危惧種のステレオタイプヤンキー。

それが、話してみると意外と素直でお人好しな部分があり、人懐っこくてなかなか可愛いのではないかという評価に変わり、三日が経った今では……。

「逞《たくま》しいなっ。ひょろい現代っ子って見た目のくせに」

ゼイゼイと息を切らして山道を歩く惣兵は、若葉のあとを追うので精いっぱいだ。うっかり目を離せば、置いていかれそうになる。

ところどころ融《と》け切っていない雪が見える獣道を、籠を背負い、木の芽やらキノコやら草を摘《つ》みながら歩く若葉は、外見を裏切る体育会系だ。

「惣兵、大丈夫かぁ？」

数メートル先から名前を呼ばれ、力なく右手を上げて左右に振る。声を出して答える余力はない。

若葉もだが……すぐ傍にいる、『龍《りゅう》』と名乗った黒い男も異常だ。作務衣に草履《ぞうり》という軽装で、難なく身軽そうに山道を登っていく。

惣兵のすぐ後ろを歩く昊獅も、まったく疲れているふうではないし……ここでバテバテになっているのは、惣兵だけだ。

「背負ってやろうか」

「余計なお世話だっ。……限界が来たら、頼むかもだけど」

昊獅の言葉を即座に突っ撥ね……ようとして、逃げ道を残しておく。もし一歩も動けない状態になれば、頼れるのは昊獅以外にいない。

若葉に「もうダメ」と申し出るのはなけなしのプライドが許さないし、あの龍とかいう黒い男には近づきたくもない。

若葉はどうして、あんなに普通ではない空気を纏う男と一緒にいるのか……不思議だ。

「そういう意味では、おまえもか」

立ち止まった惣兵に肩を並べてきた昊獅を見上げて、ボソッとつぶやく。

普段は自分と同じくらい街でぐうたらとしているくせに、険しい山道に平然としている昊獅は……やはり、獣だからか。

「ああ？　なにがだ？」

「虎ジイに言われただろ。物騒な空気……って。若葉の傍にいる、龍ってやつも昊獅のお仲間か？」

やたらと顔がいい、胡散臭い男という雰囲気だが……『普通の人間』ではない可能性もありそうだ。

なんと言っても、パッと見は人間なのにそうではないモノが間近にいるのだから、あの男が昊獅と同類でも驚きはしない。

昊獅を見上げ、今度は龍に視線を移し……ジッと見据えていると、目元を手で覆って視界を塞がれた。

「なにすんだ」

「あまり直視するな。アレは、まぁ……普通の人間とは言えないモノだろうな。俺にも、よくわからんが……」

「おれは、全然わかんねーよ」

昊獅の言葉のせいで、かえって混迷が深まったような気がする。

惣兵が斜面に立ち止まっているせいか、若葉が引き返してきた。

「惣兵、疲れた？　休憩してもいいけど……もう、戻るか？　虎七郎ジイさんに言われた必要なものは、全部揃ったし」

体力がないなと揶揄《やゆ》するでもなく、ただ心配そうに惣兵を見ている若葉は……、

「若葉、おまえイイ子だなっ。おれ、弟が欲しかったんだよなぁ」

なんとも可愛い。物心つく前に母親を亡くし、兄弟という存在に憧《あこが》れていた惣兵にとって、理想とする弟だ。

ギュッと若葉に抱きついた瞬間、勢いよく引き離されてしまったが……。

「な、なんだよ」

惣兵と若葉を引き離したのは、当の若葉ではなく……昊獅でもない。無表情でこちらを睨みつけているのは、龍だ。

「馴《な》れ馴《な》れしいぞ。気安く触れるな」

「はぁ？　おれは痴漢か？　だいたいなんで、あんたにそんなことを言われなきゃなんないんだ。若葉はあんたの所有物かよ」

ムッとした惣兵は、龍を睨み返して反論する。

ケンカを売る気なら、買ってやる……と睨む目に力をこめたところで、

「当然だ。若葉は俺のよ」

「龍！　そ、惣兵……ごめん。ええと、龍は山育ちで……常識がちょっぴり抜け落ちてるんだ。友達が少ないし、独占欲ってやつが強いのかなっ」

龍と惣兵のあいだに、若葉が身を割り込ませてきた。おかげで、言いかけた龍の言葉がハッキリ聞き取れなかった。

しかし、その言葉の内容には眉を顰めてしまう。

「常識知らずで、友達が少ない……コミュ障ってやつか？」

「こみゅしょう……」

惣兵の台詞を怪訝そうに復唱する龍は、たぶん意味を解していない。

助けを求めるように若葉に目を向け、若葉が「そういうことにしておけ」と、コクコクうなずき返している。

不思議なやり取りに首を傾げると、昊獅のつぶやきが耳に入った。

「なんだ、惣兵と同じようなものだな。古来より、似た属性のものは反発し合うものだ。仕方がない」

「待て。誰が、常識がないだと。……まぁ、友達は少ないけど」

このヤロウ、と昊獅を睨みつけたけれど、素知らぬ顔で明後日のほうを向いている。憎たらしい。

シン……と沈黙が落ちたところで、若葉が声を上げた。

「よし、家に戻ろう。腹減ったしなっ。惣兵、乾燥させてあるどんぐりを粉にするの、手伝ってよ。龍には手伝ってもらえないから……人の手は、ありがたい」

「それくらい、いいけど……どんぐりが擂《す》れないって、どんだけ不器用なんだよ」

若葉にうなずいた惣兵は、龍に目を向けて「ふん」と鼻で笑ってやる。

視界の端に、若葉が「あぁ」と顔を手で覆う様子が映ったけれど、この男はなんだか気に食わないのだ。

自分でも、無意味に突っかかっているな……と思う惣兵に、龍も応戦してくる。

「不器用なわけではない。下賤《げせん》の者にはわからん、崇高《すうこう》な理由があるんだ」

「下賤……」

耳慣れない嘲《あざけ》り文句に眉根を寄せた惣兵が、更に言い返そうとするのと同時に、首に太い腕が回された。

「いいから戻るぞ。野良猫のように容易くケンカを売るな」

「誰が野良猫だっ！　昊獅っ、離せバカ」

龍と若葉の傍から引き離され、昊獅にもたれかかるようにして山道を下り始める。不安定な山道で、こんな体勢……と思ったが、安定感のある昊獅に身を預けることができるのは楽だった。

庇ってやる……と言われないから、まぁいいか。若葉と龍にも、悟られていなければなによりだが。

チラリと斜面の上を見上げた惣兵の目に、若葉になにやら文句を言われている龍の姿が映り、唇の端をわずかに吊り上げた。

怒られてやんの。ざまーみろ。

「惣兵。龍には関わるな。本気で怒らせたら、勝てん」

「……そりゃ、デカいし妙な迫力はあるけど……昊獅なら対抗できるだろ」

他力本願なケンカをするつもりはないが、いざとなれば昊獅が助けてくれる。なんだかんだ言いつつ惣兵を見捨てない、という根拠のない自信がある。

「さぁ……な」

惣兵の言葉に、昊獅は曖昧な表情で足元に視線を落とした。

それは、これまで惣兵が目にしたことのない妙な顔で、胸の奥にザワリと不安が湧き上がる。

「なんだよ、助けない気か」

「いや。そうではない。惣兵は……伴侶は全力で護る。ただ、相手がアレではな……」

アレとは、なんだ？

歯切れの悪い昊獅は初めてで、それが『龍』のせいかと思えば、ますます苛立ちが増す。

昊獅と同じようなモノかと思っていたのに、違うのだろうか。

こんな顔をするということは、昊獅より……強い魔物か？

これまで、昊獅が敵わなかった相手はいない。どんな『呪』でも、どれだけ強烈な『式鬼返し』だろうと、平然と喰らってくれた。

その昊獅が、怯むような存在か？

胸のムカムカは、なんだろう。

昊獅が負けるわけがないという、子供じみた優位性を脅《おびや》かされそうになっている危機感か……惣兵にはわからないのに、昊獅と龍のあいだではなにやら通じているらしいということに対する疎外感か。

感情の源流を探ろうとすればするほど、わからなくなる。

頭で考えるのは、やはり苦手だ。

「……若葉に、探りを入れるかなぁ」

あの龍とは何者だと、きっと一番よく知っているのは若葉だ。単純で素直な若葉は、誘導尋問にも簡単に引っかかってくれるだろう。

そうしようと決め込んだ惣兵に、昊獅がポツリとつぶやく。

「余計なことはするな。若葉は、あの男の地雷だ」

地雷とは、どういうことだ？

言葉の響きは、あまりいいイメージではないが……少なくとも惣兵が見る限り、険悪な感じはないと思う。

どちらかといえば仲がよさそうというか、惣兵が若葉に近づくたびに龍が睨んでくるので、変に警戒されている気もする。心の中で、何度も「おまえは若葉の番犬か」とツッコミを入れた。

「どういう意味だ」

「……おまえは鈍いな、惣兵」

ふぅ、とため息をついた昊獅に、ムカッと頭に血が上る。

どうせ、鈍感だ。数百年も生きている魔物から見れば、さぞかし子供だろう。

「離れろ、よっ！」

杖《つえ》代わりにしていた自分を棚に上げて密着していた昊獅の身体を突き放し、滑るように山の斜面を下りた。

ダメだダメだと繰り返し言われるほど、手を伸ばしたくなるものだ。昔話の時代から、禁忌《きんき》だとわかっているはずなのに……。

□　□　□

「よ……っと、ぅわわ」

「惣兵、そんなに振り被ったら危な……っ」

ガコッと鈍い音が響き、斜めに切り込みが入った薪《まき》が転がる。

思いがけず居心地がいいせいで、気がつけば五日も滞在している。世話になっているのだから、なにか手伝わせてよと言い出したのは、惣兵だ。

庭で薪を割る……など、子供の頃に見た『日本の昔話』を集めたアニメの中だけの話かと思っていた。

見ているだけだと簡単そうなのに、実際にやってみると……コツがいるらしく、難しい。

しかも、予想より重労働だ。

「はー……。手のひらにマメができそ……」

生まれて初めて手にした鉄の斧《おの》はズシリと重く、地面について大きく息を吐いた。柄を握っていた手のひらがジンジンするなと思ったら、赤くなっている。

脇に立ち、薪割りの方法を教えてくれていた若葉が、おずおずと口を開く。

「惣兵、怪我しそうで危ないからもういいよ」

「でも、これっくらいはなぁ。おれも、風呂に入らせてもらってるし。米を炊いているのも、薪釜なんだよな」

惣兵から見れば、小柄でひょろっとした若葉でも、薪割りをする姿はそれなりに様になっていた。

若葉より五つも年上で、体格のいい自分ができないわけがない……と高を括っていたのだが、これほど難しいとは。

「慣れないと難しいんだよね。おれも、最初は斧を持つだけで手がプルプルしてた。そう思えば、おれより惣兵のほうが上達するのが速いな」

若葉の台詞に、惣兵が「そっか?」と頬を緩ませた直後、斜め後ろから憎たらしい言葉が聞こえてくる。

「若葉、調子に乗るから褒めるな。役立たずだと、本当のことを言ってやれ」

「……だな」

昊獅の台詞に短く同意したのは、龍だ。

二メートルのほどの距離を置いて立つ二人の黒い大男は、ほとんど目も合わせないくせに嫌なところで意気投合している。

「うるさい。働かずに、見物しているだけのヤツは黙ってろ」

ふんと鼻を鳴らして、若葉に向き直った。

昊獅と龍は無視だ……と決め込んでも、視界の端をチラつく。存在感があり過ぎる二人の姿は、監視されているみたいで気分がいいものではない。

「なぁ、若葉」

「ん？」

しばらく休憩だ、と斧を手放した惣兵は、若葉の首に腕を巻きつけて二人に背を向けた。

内緒話の体勢で、声を潜《ひそ》めて若葉に尋ねる。

「龍ってさ……魔物だったりしないか？」

「はっ？」

惣兵がぽつりと口にすると、腕を巻きつかせている若葉の首がビクッと動いた。目の前で揺れる金色の髪に、動揺したな……とほくそ笑む。

「な、なんだよ、いきなりそんな……あり得ないこと」

なんの前触れもなく突拍子《とつぴようし》もないことを……という驚き方ではない。どちらかといえば、図星を指された人間の狼狽《うろた》えようではないだろうか。

そう読んだ惣兵は、更に踏み込んで言葉を続ける。

「だって、どう考えても普通の人間じゃないだろ。魔物でも驚かないから、コッソリ正体を教えろよ」

「違うって」

首を横に振る若葉は、明らかに頰を引き攣らせている。目も泳いでいるし……間違いなく、巧みにうそがつけない性格だ。

「じゃあ、妖怪か？　この家、妙なモノがウロウロしてるよな。最初は気のせいかと思ったけど、昨日の夜、玄関マットみたいなのに風呂を覗かれたぞ。朝食の時は、梅干しの種を黒くて小さい鬼みたいなのに強奪されたし」

視界の端を過るモノたちは、少しばかり不気味だが実害はなさそうなので見て見ぬふりをしている。

なにより、家主である虎ジイと若葉が気にしていないようなので、古い家で共存しているに違いない。

そのことを告げた惣兵に、若葉は目を瞠って動きを止めた。惣兵と目を合わせて、感嘆したようにつぶやく。

「……惣兵、目がいいな」

「まぁね」

自分も、昊獅と長く身体を重ねているせいで、たぶん『普通の人間』ではないから……とまでは言えず、曖昧に笑って見せる。

「で、龍の正体は？」

「それは……」

ズイッと顔を寄せると、若葉が惣兵の背中あたりに視線を移した。そして、「あ」と短く口にした直後。

「調子に乗るなよ。それ以上若葉に近づくな」

低い声でそう言いながら、後ろ襟を摑まれる。

なにかと思えば、惣兵の背後に立った龍が恐ろしい顔で睨み下ろしていた。

「なんだよっ、微笑ましいスキンシップだろ。邪魔すんな」

ズシリと肩が重くなるような妙な迫力に、一瞬怯みそうになったことを誤魔化す意図も兼ねて、威勢よく言葉をぶつけた。

目を眇めた龍が、抑揚《よくよう》のほとんどない声で言い返してくる。

「若葉が楽しそうだから、過去の所業や数々の馴れ馴れしい言動を見逃していたが……そろそろ堪忍袋《かんにんぶくろ》の緒が切れる」

「龍っ、ちょっと待て。惣兵は悪気とかなくて……」

焦った様子で若葉が止めに入ってきたけれど、龍は惣兵の後ろ襟を摑んだ手を離そうとしない。

「離せって、龍！」

逃れようと惣兵が暴れても、抵抗の数にも入らないと言わんばかりの涼しい顔をしている。片手で扱える、猫の子を持っているかのようだ。

「俺は悪気を感じた。おまえもおまえだ。天邪鬼を寄越されたことを、忘れたのか？　式鬼は黒雷と白珠《はくじゅ》が喰ったとはいえ……謝罪の一つもないだろう」

「忘れてはないけど、でもっ」

若葉は割って入ってくれたのに、どうして昊獅は助けに来ない？

放っておけとか、深入りするなという忠告を聞かなかった惣兵には、いいお灸《きゅう》になるとでも思っているのだろうか。

「っだから、手を離せっ。昊獅！」

喉が絞まる息苦しさに堪えられなくなり、助けろ、という意味を込めて近くにいるはずの昊獅の名を呼ぶ。

答えはなかったけれど、数秒後、シャツの後ろ襟を摑んでいた龍の手が離れていってホッとした。

「はー……もっと早く、助け……」

「……邪魔をする気か。おまえ如《ごと》きが、俺に刃向って……敵うとでも？」

「惣兵に害を為すのであれば、邪魔と言われようが黙って見ておれん」

すぐそこで睨み合っている龍と昊獅に、言いかけていた言葉が喉に詰まった。

龍は、口調こそ静かだけれどこれまでにない空気を漂わせている。堪忍袋の緒が切れそうだ、という言葉は脅しではなかったらしい。

ふと、若葉は地雷だ……と言った昊獅の声が頭の中によみがえった。

このことか、と若葉を見遣った惣兵の目に、不安そうに龍と昊獅を見詰めている若葉の横顔が映る。

惣兵の視線を感じたのか、こちらに顔を向けようとして……ハッとしたように口を開きかけた。

「龍……っ」

「黙ってろ、若葉。獅子の張りぼてが……俺の吐く炎に五秒と耐えられんだろう」

獅子の張りぼて、と言い放った龍に惣兵は声もなく目を見開く。

昊獅が、ライオンの剝製だと気づいていたのか？　いつから？　そんなことが察せられる龍こそ、やはり人間とは思えない。

「吐く、炎……」

惣兵が呆然とつぶやいた直後、龍の瞳が金色に光ったように見えた。若葉の肩が、ビクリと緊張を帯びる。

「若葉、少し離れてろ」

「や、やめろよ龍。なにする気……」

若葉の言葉が終わらないうちに、突如ゴッと強い風が吹きつけて目を閉じる。若葉に「惣兵」と腕を掴まれて、ふらりと二、三歩後退りをした。

閉じていた瞼を開くと、惣兵の目に映ったのは……。

「龍……。昊獅っ！」

……龍だ。

創作の世界にしか存在しないはずの巨大で荘厳な生物と、見慣れた黒い体毛のライオンが睨み合っている。

非現実的で、どこか美しい光景に言葉をなくす。

強い力で腕を掴まれている……。

そう気づいて隣を見下ろすと、若葉が惣兵と同じモノを食い入るように見据えていた。

「昊獅……ライオン、か」

若葉の横顔は驚きを示しているが、驚いているのは『昊獅がライオンの姿をしている』ということに関してのみだ。龍が、『龍』であることは、知っていたようだった。

それぞれ、驚嘆している惣兵と若葉の前で、『龍』と『黒いライオン』はピクリともせずに睨み合っていた。

「……案ずるな。燃え尽きるのは一瞬だ。苦痛もない」

龍の声が響き、巨大な口が開かれようとしているのが見て取れた……直後、惣兵は若葉の手を振り払い、走り出した。

なにをどうしようと、考えての行動ではない。ただ、目の前で昊獅が焼かれるのかと思えば、ジッとしていられなくなったのだ。

「やめろっ。やめてくれ！　おれが悪いんだろ。昊獅は、なにも悪くない！」

「惣兵……退いてろっ」

黒いタテガミを纏う昊獅に、必死でしがみついて龍を見上げる。

昊獅が唸《うな》り声を上げたけれど、言われるまま退くわけにはいかない。

神々《こうごう》しいと言っても過言ではない『龍』を真っすぐ見据えた惣兵は、現況からどうすれば脱することができるのか懸命に思考を巡らせる。

これほど『龍』が怒りを表しているのは、昊獅に対してではない。すべての責任は、惣兵にあるはずだ。

「興味本位で、覗き見しようとして……式鬼を飛ばしたのはおれだ。天邪鬼も……式鬼を破られた仕返しと、ちょっとしたイタズラのつもりで……悪かった。ごめん。あんなこと、二度としないから……」

こんなにも必死で、誰かに懇願するのは初めてだった。自分のしたことを本気で反省して、謝罪するのも……。

失くすかもしれない……それが怖いと感じたのも、初めてだった。

「惣兵」

切々と訴える惣兵に、昊獅が驚いたように名前を呼んでくる。

頬に触れる体毛の感触、密着した身体から伝わってくるぬくもりを……失うわけにはいかない。

「昊獅を焼くのは、やめてくれ。おれのものだ。なくてはならない大事な存在で……取り上げないでくれ」

ギュッと腕に力を込めて、昊獅にしがみつく。

龍の赦《ゆる》しが得られなくて焼かれるのなら、自分も共に炎に包まれようと目を閉じて覚悟を決める。

その直後だった。

「龍、いい加減にしろよ」

抑えた声で若葉が龍の名を呼び、今にも炎を吐くかと思っていた龍の纏う空気が質を変える。

「意地悪なことを言うな。おれが惣兵と打ち解けて、仲よくするのが、気に食わないだけだろ」

「……若葉？」

目を開いた惣兵の前で、若葉が龍を見上げている。

数秒の沈黙が流れ、金色に輝いていた龍の瞳がスッと激しい光を落とす。

砂埃が舞い上がり、巨大な龍が……幻だったかのように姿を消して、見慣れた美丈夫が立っていた。

軽く頭を振って顔にかかる髪を払った龍は、冷たい目で惣兵と昊獅を睨み、

「犬も食わん夫婦喧嘩《げんか》に巻き込むな。迷惑だ」

そう吐き捨てて、若葉を両腕の中に抱き込む。

若葉は、焦ったように「龍」と名前を呼びかけたけれど、ジロリと惣兵と昊獅を睨んだ龍は腕を離そうとしない。

目の前の龍と若葉の姿に、気がついてしまった。

龍が、若葉に関することで苛立つ理由……昊獅の言葉の意味、ついでに自分が昊獅に向けた想いまで。

腑《ふ》に落ちた、とはこういうことだろう。

ぴったりと寄り添ったままの惣兵と昊獅を交互に見遣った若葉は、

「えっと、犬も食わん……って、あれ？」

困惑を含む声でそうつぶやき、目をしばたたかせて首を捻っている。

毒気を抜かれたのか、龍が大きく息をついた。

「若葉。おまえは相変わらず鈍《にぶ》い」

どこかで聞いたようなやり取りに、惣兵は全身の力が抜けるのを感じる。龍からは、もう怒りの気配を感じない……。

「いいか。おまえたちのあいだの問題は、二人で解決しろ。ついでに、惣兵。おまえが謝罪するのは、俺ではなく若葉だ」

ジロリと睨みつけられた惣兵は、慌てて背筋を伸ばして若葉に目を向ける。

確かに、その通りだ。自分が謝罪すべきなのは、若葉のほうだった。

「あの、ごめん……若葉。最初は、好奇心だったんだ。虎ジイの後継者って、どんなヤツなのか……って。それが、二度も式鬼を破られたことで意地になって……大人げないことをしたと思う。悪かった」

思い切り若葉に頭を下げると、焦ったように言い返してくる。

「いや、それはもういいって。そりゃ、なんなんだって思ったけど……式鬼？　っていうのを喰ったのは、その……おれの友達だし、天邪鬼は……不幸中の幸いっていうか、なんか……いろいろ悪いことばかりじゃなかったし」

「っつーか……式鬼を喰う友達って、なんだよ」

この状況で反応するべきなのはそこではないかもしれないけれど、惣兵にとってはずっと疑問だったことだ。

ハッキリ視《み》えたのは、まずお目にかかれない美少女だけで、もう一人の男は声を聞いただけだ。

若葉の友達？　どちらが？　両方か？　式鬼を喰うのだから……どう考えても、人間ではないだろう。

次々と疑問をぶつけたいところを、グッと我慢して若葉の答えを待つ。

「えっ、それはまた、改めて紹介する。今は、里帰りしてるんだ。惣兵は……気が合うかもなぁ。少なくとも、龍よりは相性がよさそう」

どう答えようか、迷ったに違いない。

しどろもどろに口にする若葉が、なにを言っているのか……惣兵には半分もわからなかったが、痺れを切らしたらしい龍によって会話を打ち切られてしまう。

「行くぞ、若葉。そいつらは、しばし放っておけ」

「えっ、でも……」

「口を挟むのは野暮というものだ」

「う、うん……」

龍に腕を引かれた若葉は、惣兵とライオンの姿のまま昊獅を戸惑いの目で見ながら、引きずるようにして連れられていく。

屋敷の角を曲がり、二人の姿が完全に見えなくなってから……身体の力が抜けた。

「昊獅……ごめん。よかった」

改めて昊獅に抱きつき、黒いタテガミに顔を埋めて、安堵する。

昊獅は、戸惑いの滲む声で「惣兵」と名前を呼びかけてきたけれど……しばらく、動けそうになかった。

《七》

いつもの駐車場に車を駐め、自宅に入るまでがやけに長く感じた。

山の虎ジイの屋敷から街の自宅まで、行きの三分の二ほどの時間で戻ってきた。家路を急ぐあまり速度制限を超過していたと思うが、何事もなく到着して幸いだ。

「日が落ちるまでに、山道を抜けられてよかった……」

唐突に、「世話になりました。これから帰る」と告げた惣兵に、虎ジイは少しだけ名残惜しそうに「そうか。また遊びに来い」と、返してきた。

反射的にうなずいた惣兵は、咄嗟に龍を見遣ったのだが……唇を引き結んで顔を横に向けていた。

虎ジイに続いて若葉が口にした、「またな」の言葉に反対意見を述べなかったということは、歓迎されないにしても遊びに来ることの許可は得られたらしい。

人間ではない姿形のモノたちと庭で大騒ぎをしていたのだが、虎ジイは気づいていないのか……勘付いていながら素知らぬふりをしているのか、惣兵にはわからない。

ただ、

「昊獅も、また来い」

そうして、口にしてくれたことに感謝したい。改めて「お世話になりました」と心を込めて頭を下げると、山の屋敷を出た。

五日ぶりに帰宅した自宅は、すっかり日が暮れているにもかかわらず玄関灯さえ灯っていない。

「あれ？　ジイさん……ばぁちゃんも、留守か？」

二人揃ってこの時間に出かけているのは、珍しい。

首を捻りつつ玄関先の電気を点けると、廊下の真ん中に白いメモ用紙が落ちていた。

なんだろう……と拾い上げて、走り書きに目を通す。

「鑑定依頼のついでに、ちと、ばあさんと一緒に温泉に寄ってくる。帰りは三日後……昨日の日付けか」

祖父の字で書かれたメモには、簡潔に惣兵への伝言だけが記されていた。昨日家を出て、三日後の帰宅予定ということは……明後日まで留守か。

それまで昊獅と二人きりかと思った直後、背後から身体に長い腕が絡みついてくる。

「……昊獅」

「道中も、ずっと触れたいのを耐えていた。……ジジイたちが留守で幸いだ」

惣兵も、祖父母が不在でよかったと思ってしまったので、なにも言えない。ついでに、こうして触れられることを望んでいたのも同じだから……力強い腕を振り払えない。

「腹、減ってる……ような気がするけど」

「俺は、惣兵が不足している。餓死《がし》寸前だ」

そんなふうに言われてしまっては、身体の力を抜いて昊獅に身を預けるしかないだろう。

ただここは、鍵もかけていない玄関先だ。

「ちょっとだけ待て。戸締りをして……部屋に行くぞ」

胸元にある昊獅の腕をポンと叩き、少し力を抜くように促す。

昊獅は、渋々……といった様子で惣兵から手を離して、半歩足を引いた。

玄関扉に施錠して靴を脱ぐあいだも、傍にいる昊獅から痛いほどの視線を感じる。急いた気分なのは、お互い様だ。

「今すぐ、取って食いそうな顔するなって」

「……食いつきたい」

冗談ではなさそうな表情と声で言い返してきた昊獅に苦笑して、「もう少し待て」と寄せられた顔を押し戻した。

板張りの廊下は、硬くて冷たい。ここで押し倒されるのは、勘弁してもらいたい。

「ふ……っ、ぁ」

素肌で感じる昊獅の手は、いつになく熱い。

惣兵を気遣う余裕がないらしく、指の痕《あと》が残りそうなほど強い力で腕や足を摑んでくる。

それが、たまらなくよかった。余裕なく求められているのだと、言葉で告げられる以上に昊獅の渇望が伝わってくる。

「惣兵。……おまえは美味い。汗まで甘いのは、何故だろうな」

「ッ、さぁ……な。そんなことを言うのは、昊獅だけだからわかんねぇ」

本当に甘美なものを味わっているかのように、執拗に舌を這わせてくる。首筋から、鎖骨……胸元、触れられなければ存在を意識することのない、乳首にまで。

「い、って……頑張って吸っても、それは飾りモノだ。乳は出ねぇぞ」

軽く歯を立て、吸いつかれて眉を顰めた。昊獅の頭を軽く叩いて、そこばかり舐めるなと咎める。

「しかし、赤くなって、ますます美味そうだ」

「ヒリヒリして、痛ぇって。ぁ……、っ！」

「痛いだけか？　こっちも、硬くなってるが」

脚のあいだに膝を割り込ませてきて、腿の内側を撫で上げられる。脚のつけ根で動きを止めると、緩く手の中に包み込まれ……昊獅に指摘された通り、触れられていないのに熱を帯びつつあることを思い知らされた。

「しばらくぶりか。俺に触れられるのを、待ち侘《わ》びていたみたいだな。すぐに蕩けて……溢れさせる」

「っん、ぁ……ぁ」

屹立に絡みつかせた指に力を込められ、じわりと締めつけられる。軽く指を動かされただけで、先走りが滲むのを感じた。

この手に、触れられたかった。

この手で、触れたかった。

昊獅の体温を感じると、そのことをいやというほど実感させられる。

「おれも、触らせろ。一方的に弄り回されるのは、つまんね……し」

昊獅に手を伸ばしたけれど、胸元に触れると同時に大きな手に握り締められる。

動きを制されたことに唇を尖らせると、昊獅が珍しい微苦笑を浮かべた。

「それもいいが、今は俺が惣兵に触りたい。で、なければ……本気で喰いつきそうだ」

ふっと息をついて首筋に歯を立てられた瞬間、ゾクッと背筋を悪寒に似たものが這い上がる。

恐怖ではなく、甘く淫らな期待だ。尖った犬歯が皮膚に食い込むのは、たまらない快感に違いない。

「やべーな。喰われたい……とか思いそ」

「……拒め」

昊獅の頭を抱き寄せて髪を撫で回すと、苦い顔と声で抵抗しろと咎められる。

抵抗……する気がないのだから、どうしようもないだろう。

「この先もおれを味わいたいなら、喰うのはもっと年を食ってからにしてくれ」

クッと笑うと、昊獅の髪を両手で思い切り掻き乱す。

惣兵は、刹那《せつな》的な快楽を求めているのではない。それは、昊獅も同じはずだ。

目を細めた昊獅が、惣兵の手首を摑んで手のひらに唇を押しつけた。

「腹を満たすより、気を満たしたい。惣兵を抱けば、とうの昔に失ったはずの心の臓が激しく脈動するようだ」

「すげーな。剝製の心臓を、ドキドキさせるなんて……」

ククク……と笑い、昊獅の背中に手を回す。

抱きついても、心臓の鼓動は感じられない。

それなのに、抱き合おうという意思があり……機能が存在するのは、なんとも不思議だった。

「死んでるのに勃起するって、よく考えたらすごいよな」

「……惣兵を抱きたいがために、封印を解いて目覚めたからな。一目見た途端、身体中に力が張《みなぎ》った。血が……巡るかのように、おまえに触れたいと切望した」

初耳だ。

惣兵が剝製の昊獅の封印を解いたのは、わかっていたが……こうして、腕に抱くことが真の目的だったとは。

「性欲は、死体も目覚めさせて動かすのか。うーん……奥が深い」

人間の三大欲求というからには、相当の威力があることは理解できる。ライオン……いや、魔物にまで有効だとは思わなかったが。

「分析はあとにしろ。……待ってやれん」

感心していると、昊獅が焦れたように惣兵の身体を反転させた。背中に口づけられて、ピクッと肩を震わせる。

そのまま背筋に沿って舐め下ろし、双丘《そうきゅう》の狭間まで舌を突っ込んでくる。待てないという言葉が切迫した事実であると、熱い舌が雄弁に伝えてきた。

「ン……、ぁ、ッ！」

舌も、その脇から突き入れられる指も、惣兵の頭を甘く痺れさせる。

昊獅以外の誰に触れられても、これほどの快さは得られないだろうと……ぼんやりした頭で思い浮かべた。

「膝を立てろ。息を詰めるなよ。……逃げられそうになったら、咬《か》みつかずにいる自信はない」

「ン……咬んでもいいけど、人の姿のままでいてくれよ。ライオンと交尾する……そこまでの覚悟は、まだできてねぇから」

台詞もだが、体勢的にも不安が込み上げてきて釘を刺しておく。

まだ、覚悟ができていない。いずれ、それもいいのではと許す可能性もあるかと……探究心が旺盛な自分が、我ながら恐ろしい。

惣兵のそんな不安など、知る由もないのだろう。両手でグッと腰骨を摑んできた昊獅が、低く答える。

「……とりあえず、気をつけよう」

なんとも頼りにならない一言だったが、熱い塊を粘膜に感じて文句をぶつけることができなくなる。

じわりと先端を浅く含まされただけで、ゾクゾクと全身の産毛が総毛立った。

早く……もっと、そんなのでは足りない。

畳についた手が震え、背後の昊獅を睨みつけた。

余裕がないようなことを言っていたくせに……どうして、そこで動きを止めているのだろう。

「焦らすな。も……早く、突っ込めよ」

「ふ……すまんな。おまえに、求められたかった」

「ァ……っ！」

言葉の終わりと同時に、ようやく望んだものを与えられる。

手加減ができないという言葉通りに、深いところまで挿入されて強く拳を握った。

苦しい。キツイ。下半身が痺れて、感覚がない。

なのに……やめろと口に出す気は、微塵もなかった。苦痛と快楽が薄い紙を隔てて向かい合い、両側から打ち破ろうとしている。

「はっ……ぁ、ァ……ン」

「すごい、な惣兵。もっと寄越せと……絡みついてくる」

「っかってんなら、動け……って」

もっと溺れさせろと、意識して身体の奥にある昊獅の熱を締めつけてやる。背中の向こうで息を呑む気配を感じて、ほんの少し唇の端を吊り上げた。

一方的に翻弄され、喰われてやる気はない。

昊獅を喰ってやる、という気概《きがい》で「まだ足りねぇ」と熱い吐息を零す。

「汗も、涙も……体液の一滴まで、全部、俺だけにくれ」

「ん、あ！　ッ……ぁ、あ……昊獅、のモノだ」

背後から身体を打ちつけられて、荒い息の合間になんとか答える。

圧迫感は和らぎ、あとは純粋な快楽に支配されるのみだ。なにも考えられなくなる前に、昊獅が欲しがる答えをすべてやりたい。

それなのに。

「……惣兵。惣兵」

「ン、昊……獅」

昊獅が熱っぽく掠れた声で口にするのは、惣兵の名前のみで……応じるには、昊獅の名前を呼び返す以外になかった。


「膝、背中や肩も……ヒリヒリする」

布団を敷けばよかった……と思っても、あとの祭りだ。廊下ではなかっただけマシだが、畳は畳で難があった。

「俺が舐めて、癒してやろう」

「……いい。妙な気分になりそうだ」

昊獅の手を振り解いてそうは言ったものの、妙な気分から再び盛り上がるだけの体力はなさそうだ。正しく、精根尽き果てた。

せめてもの詫《わ》びに、と思ってか伸ばしてきた昊獅の腕の中に抱き込まれる。

体毛の豊かなライオンの姿ならともかく、人間の姿では布団代わりにはならないが……

まぁ、いいか。

「昊獅、なんていうか……おれに一目惚れ状態だったたって、マジか」

「ああ。そうでなければ、護ってなどやらん。『呪』は人の姿を保つ力にならんわけでは
ないが、不味い。惣兵の気のほうが、美味くて力の源としても上質だ」

軽く耳朶《じだ》に歯を立てられ、もう無理……と思っていた身体に燻《くすぶ》る熱が、チリッと疼《うず》く。

抗議の意を込めて昊獅の胸元に拳をぶつけると、

「でもライオンって、一夫多妻制なんだよな。博物館でも、言ってたろ。妻ってやつは、
あのライオンだけじゃなかったみたいだし」

頭に浮かぶ疑問を、そのまま口にした。

惣兵こそ、自慢できるほどの倫理観を持ち合わせてはいないのだが……自分が『その
他』と一括りにされるのは不快だ。

嫉妬《しっと》という簡単な言葉で言い表すことのできない、なんとも気持ち悪い感覚が胸の中で
渦巻く。

自分勝手な不満をぶつけた惣兵に、昊獅は「なんだそんなことで拗ねていたのか」と肩

を揺らした。

「案ずるな。惣兵が俺だけだと誓うなら、おまえだけを護るし、おまえ以外は娶《めと》らん、今の俺は、草原に棲む獣ではないからな」

熱っぽく、口説かれているような気分になった。

意外と情熱的だ……と思ったが、でも……そうか。思い起こせば、昊獅は最初から暑苦しい男だった。

物兵が軽く受け流していただけで、「おまえは美しい」とか「精も肢体も好みだ」とか、「愛いヤツだ」と連発していた。

無言の惣兵になにを思ったのか、昊獅が言葉を続ける。

「信じられないか？　惣兵。では……おまえが了承するのなら、改めて契約を交わすとするか」

「契約、って……七年前のアレとは別のものか？」

「ああ。互いを束縛する、唯一無二の、誓いだ」

顔を上げて、昊獅と視線を絡ませる。琥珀のようなブラウンの瞳が、一途《いちず》に惣兵を見下ろしていた。

唯一無二の誓いという言葉は、たまらなく魅力的だ。

「……やる」

「おまえは更に、魔のものに近づくが」

「いいよ。っつーか、数え切れないくらいヤッてんだから今更だろ」

クッと笑みを零した惣兵に、昊獅は神妙な顔で「そうだな」と、つぶやく。

魔物に近づく、か。

本人に告げる気はないが、それはそれで幸いだ。昊獅が人間になれないのなら、自分が昊獅に近づくしかないだろう。

「では、惣兵の血を……もらうぞ」

「ああ」

右手を取られて、手首に嚙みつかれる。犬歯が食い込む痛みに眉を寄せると、滲み出た惣兵の血を昊獅が舐め取った。

今度は？　と昊獅に目を向ければ……自分の指先に鋭い歯を立てる。

「魔物に、血……が」

魔物に血があるのかと茶化そうとした言葉が、中途半端に途切れてしまった。

昊獅の指から滲み出て手のひらにまで伝うのは、血というには差し障りのある黒い液体だ。

まさか、コレを舐めろ……と？

疑問を、視線に込めて昊獅を見上げる。惣兵の問いは明確に伝わったらしく、昊獅が小さくうなずいた。

これを舐めるって、うっかり死にそうじゃないか……？　と惣兵は少し怯んだけれど、昊獅は急かすでもなく待っている。

まるで、惣兵の覚悟を試されているかのようだ。

これで、魔物の仲間……『昊獅と同じような存在』になるのなら、躊躇う理由はないだろう。

そう覚悟を決めた惣兵は、目を閉じて昊獅の指先に唇をつけた。

苦く……は、ない。舌を刺すような刺激もないし、おどろおどろしい見た目に反して無味無臭だ。

コクンと喉を鳴らして嚥下《えんげ》した惣兵に、昊獅は何故か泣きそうな顔をして……笑った。

「俺と共に居ることを選んでくれて、感謝する。おまえは、俺の最後の伴侶だ」

「……微妙なプロポーズだな。普通、伴侶ってのは一人だけど……まぁ、いいか。おれも、この先は昊獅だけだ。ああ、ほら……半魔物かと思えば、怖くて人間とできねーし。うっかり殺しそうじゃんか」

昊獅だけだと真面目に告げるのが照れ臭くて、余計な一言をつけ足してしまった。

どうして、こう……可愛げがないのだろうと唇を噛むと、昊獅の手に顔を上げるよう促される。

「真の契約だな。おまえも、俺も……互いだけだ。命運を共にすると誓おう」

言葉の意味を問う前に、唇を重ねられる。

口腔に潜り込んできた昊獅の舌に、瞼を伏せて応える。

触れた舌が、これまでより甘く感じるのは……惣兵が昊獅に『近づいた』せいかもしれない。

甘く……とろりとした快さに力が抜けて、昊獅に身を預ける。

どのようなものであっても、命運を共にする……。

この場では口に出していないけれど、惣兵のほうが先に誓ったようなものだと、昊獅はわかっているのだろうか。

目の前で『龍』に焼かれそうになった昊獅に抱きついた時、確かに惣兵はそう感じたのだから。

《終》

「次は、どこに行く？」

足を踏み出すたびに隣で揺れる金色の髪を見下ろして、問いかける。

惣兵に問われた若葉は、首を傾げて……真剣に悩んでいるようだ。

「えっと、どうするかな……おれ、最近の流行りに疎いんだよね。ほら、あそこってテレビもないからさ」

「あー……だよな。浦島太郎《うらしまたろう》みたいなもんか」

山中に建つ虎ジイの屋敷は、惣兵から見れば異空間にも等しい。遊びに行くたびに、二百年くらいタイムスリップした気分になる。

二十歳の若葉が、よくあそこで生活できるな……と感心するばかりだ。刺激がなさ過ぎて、惣兵には無理だ。

「あっちに希望を訊く？」

「……あんまり、話しかけたくないけど」

背後にチラリと目を向けた若葉に、わざと嫌な顔をして見せた。

わざわざ、数メートルの距離を置いて歩いているのだ。背後にいる二人の大男が、やたらと目立っていることがわかっているから。

「洋服を着るようになっただけ、マシだけどねー」

あはは……と笑った若葉は、カラリとした口調とは裏腹に遠い目をしている。

歩みを止めた惣兵も、同じような眼差しで目の前にある横断歩道の赤信号を見詰めているだろう。

「本気で、走って逃げようかと思ったもんな」

「……全力で追いかけてくるよ」

「ホラーか」

明言を避けて、二か月ほど前の悲劇を語り合う。

若葉を、「街に遊びに来い」と誘ったのは、惣兵だ。本心から誘いかけたし、若葉には龍が同伴するだろうということも想定していた。

ただ、黒い作務衣の龍と……同じく黒い着流しの昊獅が並ぶと、街の中であれほど悪目立ちするとは思わなかったのだ。

「あれは、想像力を働かせなかったおれが悪かったんだ。着替えさせようにも、あいつらサイズの服を売ってるところはそうそうなくて、まいったもんな」

「いや、おれも悪かった。前に街に来た時の服を、龍に着させるべきだったのに……うっかりしてた」

若葉と二人、龍と呉獅をサイズの豊富なファストファッション店に連れ込んで着替えさせたあの日のことは、もう少し時間が経てば笑い話にできるかもしれない。

赤信号で立ち止まっている惣兵と若葉に、黒い大男二人が追いついてきた。

「おい、次はなんだ。うるさいところはごめんだぞ」

「……惣兵が遊ぶ場は、似たようなところばかりだ。若葉も楽しそうだったぞ」

先ほどゲームセンターから出てきたばかりなのだが、うるさかった……と辟易《へきえき》しているらしい龍に対して、呉獅がボソッと答える。

それに龍は、不本意そうにつぶやいた。

「……若葉が楽しいのなら仕方ないが……しかし、なぁ」

「嫌なら、ついてこなくていいって言ってんのに」

振り向いて口にした若葉に、龍は「なんだと」と不機嫌な顔になる。

「嫁が他の男と逢うのに、勝手にしろと送り出す旦那がどこにいるか。同伴するに決まっているだろう」

「こんなところで、その単語を口に出すなっ！」

龍を睨み上げた若葉は、惣兵の腕を取って「行こう」と信号が青に変わった横断歩道を歩き出す。

何度も似たようなやり取りを目の当たりにしている惣兵は、チラリと龍を振り向いて「懲りないな」と苦笑した。

若葉は、幼い頃に無自覚で龍と婚姻契約を結んでいる……と聞かされたのは、前回山から下りてきた時だ。

ただ惣兵は、それを聞いて、なにかと合点《がてん》がいった。ついでに、昊獅に言われた「鈍いな」という言葉の意味も理解した。

わけもわからない子供の頃に、というあたりは……。

「龍のやつ、悪い意味で子供好き……っつーか……卑怯《ひきょう》だよな。ガキ相手に、騙《だま》し討ちみたいなものじゃんか」

「だよなっ？　わかってくれるのは、惣兵だけだ。おれの周りにいる人間……じゃないヤツは、誰もわかってくれない」

嘆く若葉を、よしよしと慰める。

性格の悪さを知っているはずなのに、懐いてくれる若葉は可愛い。血は繋がっていないが、なにかと共通する部分もあり……正しく弟のような感覚だ。

そんな微笑ましい自分たちの関係に目くじらを立てる、心の狭い男が二人ばかりいるのが腹立たしい。

「惣兵、若葉に触れるなっ」

「……もう少し離れたらどうだ」

背後から聞こえてきた龍と昊獅の声に、若葉と視線を絡ませて……うなずき合った。言葉にしなくても、互いの意思疎通は万全だ。

一拍置いて走り出すと、背後の二人が「おい」「こらっ」と声を上げる。

きちんと聞こえてはいるが、振り向くことも足を止めることもなく走り……息が切れて、立ち止まる。

「撒けた……か？」

「どうかな。人混みに足止めされてるだけだろうし、すぐ追いついてくるかな」

若葉と二人で恐る恐る振り返ったけれど、長身の二人の姿は見える範囲になかった。

さすがの二人も、生身の大勢の人間に囲まれていてはうかつな行動は取れないはずだ。先日のように、果敢《かかん》に逆ナンを試みた女性に話しかけられている可能性もある。

「迷子にならないかな」

お人好しの若葉は心配そうに口にしたけれど、惣兵は「はっ」と鼻で笑ってやった。

「あいつら二人、目立つから、すぐわかるだろ」

際立った長身に加えて、タイプの異なる美形が二人並んでいるのだから……芸能人並みに目立つのだ。

「惣兵も、目立つけどね」

「おれが？　フツーだぞ」

若葉の金髪も、そこそこ目立っているが……自分は、四人の中では一番平凡なはずだ。完全に人混みに埋没できる自信がある。

首を捻った惣兵に、若葉は「自覚ないんだ」と苦笑する。

「もともと、美形だろ。でも、ここしばらく……なんていうか、磨きがかかった感じ。前回逢った時より、艶々のキラキラだし。人間離れした空気を漂わせていて、変に迫力がある美形だなぁ」

「……五十とまでは言わないけど、三十パーセントくらいは、人間じゃないからな。って、それは若葉もか」

若葉も似たような立場だと思うのに、自分だけが魔物じみた雰囲気になっているのなら納得がいかない。

首を傾げているところに、昊獅と龍が追いついてきた。

「おまえら、何故逃げる」

「女に囲まれたぞ。……あいつら、遠慮しなくて怖いんだが」

若い女性のパワーには、さすがの二人もうんざりしているようだ。

ライオンの魔物と……神格の存在らしい龍よりも、生きている若い女性のほうが強いのかと思えば、おかしい。

不貞腐れている龍に、お人好しな若葉は申し訳なさそうな顔で話しかける。

「惣兵と遊んでいるのを邪魔しようとするし、目立つから……つい。ごめん。アイス、食べる？」

アイスクリームがお気に入りらしい龍の機嫌を取ろうとする若葉は、結局龍に惚れていて甘い。

「惣兵。……おまえも食うか、アイス」

昊獅自身は口にしないくせに、惣兵に食べるかと聞いてくるあたり……この男も、惣兵に甘いということだろう。

「休憩だな。走ったから、喉が渇いたし……アイスクリームショップは、すぐそこだ」

惣兵の言葉に、龍が無言で目を輝かせる。

若葉は、「そうしよう」と笑い……昊獅も、うなずいて歩道を歩き出した。

すれ違う人、特に女性の視線がバシバシ飛んできて、痛いくらいだ。

見られているのは、主に龍……と昊獅、自分も……か？

「……次は、若葉と二人で遊びたいな」

惣兵と若葉の二人なら、これほど目立たない。やはり、あの二人の存在が、無駄に人の目を集めている。

初めてできた……と言っても過言ではない友人である若葉と、平和に街で遊びたい。

つぶやいた惣兵に、若葉も真顔で「そうだね」と返してくる。

「でも、相性のよくないあの二人を、どこに放置する？　下手にケンカでもされたら、街が滅ぶ……」

若葉は冗談のつもりだったかもしれないけれど、リアルにその光景を想像してしまった惣兵は、瞬時に鳥肌の立った腕を擦った。

「怖っっ。シャレにならんこと言うなよっ」

「う……うん。おれも、口にしてからシャレになんないと思った」

惣兵を見上げた若葉も、頬を引き攣らせている。

自分たちの会話は、『昊獅』と『龍』に関することだったのに……。

「二人だけで楽しそうだな、若葉」

「惣兵。俺を無視するな」

追いかけてきた昊獅と龍に、それぞれ腕の中に捕らわれて……特大のため息をついた。

ざわざわと周囲の人たちがざわめき……歩道に面した店の店員たちまで、こちらを覗いている。

しばらく、このあたりに来ることができない。

「今度はさー……海でも行くか」

「うん……いいね。できる限り人の少ない、観光地じゃないところ」

惣兵の言葉の意味を正確に汲《く》んでくれた若葉が、はは……と乾いた笑いを零す。

街での遊びは懲りた、と引き攣った頬が語っていた。

それでも、もう二度と惣兵とは遊ばないと言われなかったのだから……せっかくできた友人を、早々になくすという心配はしなくてよさそう……か？

自分たちの『正体』を思えば、今この瞬間も平和なのかもしれないけれど。

あとがき

こんにちは、または初めまして。真崎ひかると申します。この度は、『黒獅子と契約』をお手に取ってくださり、ありがとうございました！

単体で読んでいただいても大丈夫ですが、通称『あやかし癒し』シリーズの龍&若葉も、ちょこっと出てきますので、そちらも合わせてご賞味いただけましたらとっても嬉しいです。天邪鬼事件とか……惣兵の影が、チラチラしています。

前回の龍に続き、またしても「ライオンは初めてだな」とつぶやかせてしまったらしい、桜城やや先生。とてつもなく格好いい野獣美たっぷりの旲獅と、艶っぽい惣兵をありがとうございました！　どちらも、本能で生きている雰囲気が美麗なイラストから漂ってきます。そして、恐ろしくご迷惑をおかけしてしまい、申し訳ございませんでした。なのに綺麗なイラストをいただきまして、自己嫌悪と申し訳なさ諸々……頭を駆け巡る己の不甲斐なさに、「勿体ないばかりです」とイラストを拝んでしまいました……。

担当S様も、いつも以上に悲惨な目に遭わせてしまい、申し訳ございませんでした。桜城先生とSさんと、校正者さん……制作に携わってくださったすべての方を前に、土下寝をさせていただきたいです。私には、座して謝罪する資格もありません……。数え切れないくらいの方に『申し訳ございません』と『ありがとうございます』を繰り返さなければならない……二〇一九年ラストの一冊です。年内でリセットして、二〇二〇年はもう少し人として正しく生きていけるよう心がけたいです。

ここまでおつき合いくださり、ありがとうございました。へろへろなあとがきでしたが、ほんの少しでも黒獅子の魔物といろんな部分がユルい惣兵を楽しんでいただけましたら、せめてもの喜びです。二〇二〇年も、どこかで見かけられましたらお手に取っていただけると幸いです。よろしくお願い申し上げます。

真崎ひかる

二〇一九年　　世間はクリスマスとお正月が同居しています

本作品は書き下ろしです

真崎ひかる先生、桜城やや先生へのお便り、
本作品に関するご意見、ご感想などは
〒101-8405
東京都千代田区神田三崎町2-18-11
二見書房　シャレード文庫
「黒獅子と契約～官能を喰らえ～」係まで。

CHARADE BUNKO

黒獅子《くろじし》と契約《けいやく》～官能《かんのう》を喰《く》らえ～

【著者】真崎《まさき》ひかる

【発行所】株式会社二見書房
東京都千代田区神田三崎町2-18-11
電話　03(3515)2311［営業］
　　　03(3515)2314［編集］
振替　00170-4-2639
【印刷】株式会社 堀内印刷所
【製本】株式会社 村上製本所

落丁・乱丁本はお取り替えいたします。
定価は、カバーに表示してあります。

ISBN978-4-576-19207-9

https://charade.futami.co.jp/